O Castelo de Otranto

O castelo de Otranto

HORACE WALPOLE

TRADUÇÃO DE
OSCAR NESTAREZ

São Paulo, 2022

Sumário

NOTA DA EDITORA, 6

INTRODUÇÃO, 8

PREFÁCIO PARA A PRIMEIRA EDIÇÃO, 12

PREFÁCIO PARA A SEGUNDA EDIÇÃO, 18

SONETO À JUSTA E HONORÁVEL SENHORA MARY COKE, 27

O CASTELO DE OTRANTO, 29

Nota da editora

Século XVIII. Iluminismo. Ano de 1764. O efervescer das novas ideias também não poderia passar incólume à Literatura. Uma estranha publicação surge nesse contexto.

Aparentemente, um manuscrito italiano proveniente da Idade Média, que remontava às Cruzadas, chegara às mãos de um tradutor, que não conseguiu conter o anseio de compartilhá-lo com o mundo e o publicou em inglês. Esse manuscrito era arrepiante: junte castelos assombrados e calabouços horrendos, a ambientação medieval às ressuscitações bizarras; e todo o mistério que rondava a luz do relato responsável por trazê-lo à vida.

Do título da edição em inglês, *The Castle of Otranto: A Story*, traduzido por William Marshal, ao *Castelo de Otranto* que você tem em mãos agora, ganhamos acesso a algumas informações. Na verdade, o livro não havia sido traduzido por Marshal, muito menos se tratava de um manuscrito perdido. Foi tudo obra da imaginação de Horace Walpole, inspirado pela Strawberry Hill House, uma mansão gótica falsa. O autor assumiu a autoria no prefácio para a segunda edição – que também ganhou um novo subtítulo: *A Gothic Story* –, reproduzido nesta edição.

Também trazemos aqui o prefácio para a primeira edição e uma introdução escrita por Henry Morley, editor da Cassell and Company, que publicou a obra em 1901.

Com isso, podemos juntos continuar descobrindo a inventividade (e os segredos) de *O castelo de Otranto*.

Introdução

Horace Walpole foi o filho mais novo de Sir Robert Walpole, grande político que faleceu como conde de Orford. O autor nasceu em 1717, quando seu pai renunciou ao cargo, permanecendo na oposição por quase três anos antes de retornar para um longo período no poder. Horace Walpole foi educado em Eton, onde tornou-se amigo do poeta Thomas Gray, que era apenas alguns meses mais velho. Em 1739, Gray acompanhava Walpole em uma viagem pela França e pela Itália quando os dois desentenderam-se e se separaram; mas, depois, a amizade voltou a estabelecer-se e continuou firme até o fim. Horace Walpole foi de Eton para o King's College, em Cambridge, e ingressou no Parlamento em 1741, ano anterior ao da renúncia definitiva de seu pai e do aceite, por parte deste, de um condado. A vida do filho foi fácil. Como oficial de diligências do Tesouro, controlador dos registros financeiros e escriturário de arrecadação no Tesouro, ele recebia quase duas mil libras por ano para fazer nada, morava com o pai e se divertia.

Walpole vivia ocioso, entretendo-se com as pequenezas do elegante mundo ao qual orgulhava-se de pertencer, ainda que fosse atento às suas vaidades. Ele tinha sagacidade social e apreciava aplicá-la em questões menores. Mas não se tratava de um ocioso vazio, e havia momentos em que ele podia tornar-se um rigoroso juiz de si mesmo. "Sou sensível", escreveu para seu amigo mais próximo, "sou sensível ao fato de ter mais insensatez e fraquezas, e menos qualidades verdadeiramente boas, do que a maioria dos homens. Às vezes reflito sobre isso – ainda que, admito, muito raramente. Sempre quis começar a agir como um homem, e um homem sensível, que acredito que poderia ser". Ele era um homem de afetos profundos e, sob toda a afetação polida, também tinha bom senso.

O pai de Horace Walpole morreu em 1745. O filho mais velho, que o sucedeu como conde, morreu em 1751 e deixou um herdeiro, George, tido como insano, que viveu até 1791. Como este não deixou filhos, o título e as propriedades foram deixadas para Horace Walpole, então com 74 anos e o único tio sobrevivente. Assim, ele tornou-se o conde de Orford durante os seis últimos anos de sua vida. Morreu sem se casar, em 1797, com 80 anos.

Ele havia transformado sua casa em Strawberry Hill, nas margens do Tâmisa, perto de Twickenham, em uma vila gótica do século XVIII, e divertia-se gastando à vontade em sua decoração com coisas que, à época, eram objetos elegantes e de bom gosto. Mas ele se deleitava também com suas flores e treliças de rosas, e com o sereno Tâmisa. Quando se confinava por necessidade em sua residência de Londres, em Arlington Street, as flores de Strawberry Hill e um pássaro eram as consolações necessárias. Ele também estabeleceu em Strawberry Hill uma estrutura gráfica privada na qual imprimiu os poemas de seu amigo Gray, seu próprio *Catálogo de autores da realeza e da nobreza da Inglaterra*, de 1758, e cinco volumes de *Anedotas da pintura na Inglaterra*, entre 1762 e 1771.

Horace Walpole produziu *O castelo de Otranto* em 1765, na maturidade de seus 46 anos. A história foi sugerida por um sonho do qual ele afirmou acordar certa manhã, e do qual "tudo do que eu podia me lembrar era que estava em um antigo castelo (um sonho bastante natural para uma cabeça como a minha, repleta de influências góticas) onde, no balaústre mais alto de uma grande escadaria, vi uma gigantesca mão de armadura. Naquela noite, eu me sentei e comecei a escrever, sem saber ao certo o que pretendia dizer ou relatar". Assim começou a narrativa que teria sido traduzida por "William Marshal, cavalheiro, do italiano de Onuphro Muralto, cônego da Igreja de São Nicolau, em Otranto". Ela foi escrita em dois meses. Gray, amigo de Walpole, contou-lhe que, em Cambridge, o livro fez com que "algumas pessoas chorassem um pouco, e com que todas, no geral, sentissem medo de ir para suas camas à noite". *O castelo de Otranto* foi, à sua própria maneira, um símbolo prematuro da reação a tais romances na parte mais recente do último século. Isso lhe confere interesse. Mas a história tem conquistado muitos seguidores, e o destemido leitor moderno, ao ler o comentário de Gray em Cambridge, precisa ser lembrado de sua data.

Henry Morley

Prefácio

PARA A
PRIMEIRA
EDIÇÃO

A obra a seguir foi encontrada na biblioteca de uma antiga família católica no norte da Inglaterra. Foi impressa em Nápoles, em letras góticas, no ano de 1529. O quanto antes ela teria sido escrita não consta. Os principais incidentes apresentam-se de acordo com as crenças da Idade das Trevas do Cristianismo, mas a linguagem e a atitude não têm nada que indique barbarismo. O estilo é italiano em sua forma mais pura.

Se a história foi escrita numa época próxima ao período em que supostamente aconteceram os fatos, deve ter sido entre 1095, os tempos da primeira Cruzada, e 1243, a data da última, ou não muito depois. Não há outros indícios na obra que nos levem a adivinhar o período no qual as cenas se desenrolam: os nomes dos personagens são evidentemente fictícios, e provavelmente foram disfarçados de propósito; ainda assim, os nomes espanhóis dos criados parecem indicar que este texto não foi escrito antes do estabelecimento dos reis de Aragão em Nápoles, o que tornou os nomes espanhóis comuns em toda a região. A beleza da dicção e o cuidado do autor (moderados, no entanto, por um juízo singular) induzem-me a pensar que a data da composição antecedeu em pouco aquela da impressão. A literatura estava então em um de seus períodos mais prósperos na Itália, e contribuiu para dispersar o império da superstição, naquele momento tão vigorosamente atacado pelos reformistas. Não era improvável que um padre habilidoso pudesse esforçar-se para virar as armas dos renovadores contra eles mesmos, e que pudesse aproveitar-se de suas habilidades como autor para reafirmar no povo seus equívocos e suas superstições. Se tal era a sua visão, ele certamente agiu com êxito. Um trabalho como o que segue é bem mais capaz de dominar uma centena de mentes vulgares do que metade dos livros escritos desde os dias de Lutero até o momento presente.

Essa interpretação a respeito das motivações do autor não passa, entretanto, de mera suposição. Fossem quais fossem as suas visões, ou os efeitos que a execução delas pudesse exercer, seu trabalho só pode ser apresentado ao público no presente como forma de entretenimento. Mesmo como tal, alguma justificativa é necessária. Milagres, visões, necromancia, sonhos e outros eventos sobrenaturais foram abolidos dos dias atuais, até mesmo em romances. Esse não era o caso de quando o autor escreveu a obra; muito menos quando a história em si supostamente ocorreu. Crenças em todo tipo de prodígios eram de tal forma enraizadas nesse período da Idade das Trevas que um autor que omitisse qualquer menção a elas não seria fiel às maneiras da época. Ele próprio não precisa acreditar nelas, mas deve apresentar seus personagens como crendo.

Aceitando-se essa atmosfera de maravilhas, o leitor não encontrará nada que não seja digno de sua apreciação. Admita-se as possibilidades dos fatos, e todos os personagens comportam-se como pessoas o fariam na mesma situação. Não há nada bombástico, nem falsidades, floreios, digressões ou descrições desnecessárias. Tudo se encaminha diretamente para a catástrofe. A atenção do leitor nunca relaxa. As regras do drama são observadas praticamente durante toda a história. Os personagens são bem desenhados, e ainda melhor é sua sustentação ao longo da história. O terror, principal mecanismo do autor, evita que o relato definhe; e o sentimento é tão frequentemente contrastado com a compaixão, que a mente permanece alerta em constante mudança de intensas paixões.

Algumas pessoas talvez possam pensar que os personagens dos servos são pouco sérios para o âmbito geral da história; mas, para além de suas oposições aos personagens principais, a arte do autor é bastante notável em sua condução dos subalternos. Eles revelam várias passagens essenciais na história, que só poderiam ser habilmente trazidas para a luz por meio de sua ingenuidade e sua simplicidade. Em particular, os temores femininos e as fraquezas de Bianca, no último capítulo, conduzem essencialmente no sentido da catástrofe.

É natural para um tradutor ser predispostamente favorável em nome da obra que adotou. Leitores mais imparciais podem não ficar tão impressionados pelas belezas desta obra como eu fiquei. Ainda assim, não estou cego para os defeitos de meu autor. Gostaria que ele tivesse baseado o seu plano em uma moral mais útil do que esta, de que "os pecados dos pais persistem em seus filhos até a terceira ou quarta geração". Duvido que, em sua época, a ambição refreasse seu apetite de dominação diante do pavor de uma punição tão remota ainda mais do que no presente. Ainda assim, essa moral é enfraquecida por aquela insinuação menos direta de que mesmo tal anátema possa ser evitado pela devoção a São Nicolau. Aqui os interesses do monge têm claramente preferência sobre o julgamento do autor. Entretanto, mesmo com todos os defeitos, não tenho dúvidas de que sua performance vá agradar ao leitor. A devoção que predomina na obra, as lições de virtude que são inculcadas no espírito, e a pureza rígida dos sentimentos isentam este trabalho das censuras às quais os romances estão frequentemente sujeitos. Caso o relato encontre o sucesso que desejo para ele, posso ser encorajado a imprimir o original em italiano, ainda que isso tenda a depreciar meu próprio trabalho. Nossa língua está longe de ter os encantos do italiano, tanto em variedade quanto em harmonia. Esta é peculiarmente excelente para a narrativa simples. É difícil, em inglês – língua original do livro –, relatar uma história sem tornar-se vulgar ou elevar-se em excesso; um defeito obviamente causado pelo pouco zelo que se tem ao se empregar a linguagem pura em conversas corriqueiras. Todo italiano ou francês de qualquer classe esforça-se para falar sua própria língua corretamente e com cuidado. Quanto a isso, não posso me gabar de ter feito justiça ao meu autor: seu estilo é tão elegante quanto a sua condução das paixões é magistral. É uma pena que ele não tenha aplicado seus talentos ao campo para os quais foram evidentemente talhados – o teatro.

Não vou mais reter o leitor, exceto para fazer uma breve observação. Apesar de o maquinário ser pura invenção, e de os nomes dos personagens serem imaginários, não deixo de acreditar que os alicerces da história estão fundamentados na verdade. Não há dúvidas de que as cenas se desenrolem em um castelo existente. Sem intenção premeditada, o autor parece frequentemente descrever algumas de suas áreas particulares. "A câmara", afirma ele, "à direita", "a porta à esquerda", "a distância da capela para os aposentos de Conrado", essas e outras passagens são fortes presunções de que o autor tinha algum edifício específico em mente. Pessoas curiosas com tempo livre para aplicar em tais pesquisas podem descobrir em escritores italianos a fundação sobre a qual o nosso autor constituiu sua obra. Caso acredite que uma catástrofe, de alguma forma semelhante à que ele descreve, estiver na origem de seu trabalho, tal fato vai contribuir para o interesse do leitor, e fará de *O castelo de Otranto* uma história ainda mais comovente.

Prefácio

PARA A
SEGUNDA
EDIÇÃO

O modo favorável com que esta pequena obra foi recebida pelo público impele o autor a explicar a base utilizada por ele em sua composição. Porém, antes que ele revele esses motivos, é apropriado que peça perdão a seus leitores por ter-lhes oferecido sua obra sob a persona emprestada de um tradutor. Como a reserva sobre suas próprias habilidades e a novidade dessa tentativa foram os únicos incentivos para a criação desse disfarce, ele quer crer que o ato seja perdoável. O autor submeteu seu desempenho ao julgamento imparcial do público, determinado a deixar que perecesse na obscuridade, caso fosse refutado, e desinteressado de declarar tal ninharia a não ser que juízes melhores que eles anunciassem que ele podia fazê-lo sem motivo para corar.

Foi uma tentativa de fundir dois tipos de romance, o antigo e o moderno. No primeiro, tudo era imaginação e improbabilidades; no segundo, pretendia-se que a natureza fosse sempre, e às vezes era copiada com sucesso. Não que tenha faltado invenção, mas os grandes recursos fantasiosos foram represados por uma aderência estrita à vida comum. Entretanto, se no segundo estilo a Natureza sufocou a imaginação, estava apenas reclamando sua vingança, tendo sido totalmente excluída dos romances antigos. As ações, sentimentos e conversações de heróis e heroínas da antiguidade eram tão antinaturais quanto as máquinas empregadas para colocá-los em movimento.

O autor das páginas a seguir julgou ser possível reconciliar os dois tipos. Desejando deixar os poderes da imaginação livres para discorrer pelos reinos ilimitados da invenção, e por conseguinte criar situações mais interessantes, ele queria conduzir os agentes mortais em seu drama de acordo com as regras da probabilidade; em resumo, fazer com que eles pensassem, falassem e agissem como é de se supor que meros homens e mulheres o fariam em posições extraordinárias. Ele havia notado que, em toda escrita inspirada, as personagens recebendo dispensa de milagres e testemunhando fenômenos dos mais estupendos nunca perdiam de vista seu caráter humano; por outro lado, nas produções de histórias românticas, um evento improvável é inevitavelmente acompanhado por diálogos absurdos. Os atores parecem perder todos os seus sentidos assim que as leis da natureza são quebradas. Embora o público tenha aplaudido a tentativa, o autor não pode dizer que estava totalmente despreparado para a tarefa que assumiu: contudo, se a nova trilha que ele criou pavimentou uma estrada para gente dotada de talentos mais brilhantes, ele deve admitir, com prazer e modéstia, que estava ciente de que o plano estava apto a receber maiores enfeites do que sua imaginação, ou transmissão de paixões, poderia conferir.

No tocante ao comportamento dos serviçais, assunto que mencionei no prefácio anterior, imploro licença para acrescentar algumas palavras. – A simplicidade do comportamento deles, quase tendendo a gerar sorrisos e que, a princípio, parece incongruente com o elenco mais sério da obra, pareceu-me não apenas imprópria, mas foi marcada decididamente dessa maneira. Minha regra foi a natureza. Por mais graves, importantes ou mesmo melancólicas que possam ser as sensações dos príncipes e heróis, os mesmos afetos não estão gravados sobre os serviçais. No mínimo estes não expressam, ou não deveriam ser forçados a expressar, suas paixões no mesmo tom elevado. Em minha humilde opinião, o contraste entre o sublime de um e a ingenuidade do outro lança uma luz ainda mais brilhante sobre o primeiro. A própria impaciência que o leitor sente ao ser impedido pelas cortesias rústicas de atores vulgares de chegar ao conhecimento da catástrofe importante à sua espera talvez aguce, e certamente prova que ele foi astutamente interessado, no evento iminente. Mas eu tive uma autoridade mais alta do que a minha opinião pessoal para essa conduta. *Shakespeare*, o grande mestre da natureza, foi o modelo copiado por mim. Permita-me perguntar: as tragédias de *Hamlet* e *Júlio César* não perderiam uma parte considerável de sua alma e beleza maravilhosas se o humor de seus coveiros, as tolices de Polônio e os gracejos atrapalhados dos cidadãos romanos fossem omitidos ou injetados de heroísmo? A eloquência de Antônio, a oratória mais nobre e afetadamente simples de Brutus não são artificialmente exaltadas pelos rudes arroubos da natureza vindos das bocas de seus ouvintes? Esses toques fazem lembrar o escultor grego que, para transmitir a ideia de um Colosso dispondo das dimensões de um selo, inseriu um menininho comparando-o a seu polegar.

"Não", diz Voltaire, em sua edição de Corneille, "essa mistura de bufonaria e solenidade é intolerável". – Voltaire é um gênio...[1] mas

---

1 O COMENTÁRIO QUE VEM A SEGUIR NÃO TEM RELAÇÃO COM A QUESTÃO EM PAUTA, PORÉM É PERDOÁVEL QUE UM BRITÂNICO ESTEJA DISPOSTO A CRER QUE AS CRÍTICAS SEVERAS DE UM ESCRITOR TÃO MAGISTRAL QUANTO VOLTAIRE A RESPEITO DE NOSSO COMPATRIOTA IMORTAL PODEM SE TRATAR DE EFUSÕES GERADAS PELA SAGACIDADE E A PRECIPITAÇÃO, EM VEZ DE RESULTAREM DE JUÍZO

não da magnitude de Shakespeare. Sem recorrer a autoridades contestáveis, recorrerei a Voltaire contra ele mesmo. Não me utilizarei de seus louvores prévios ao nosso poeta mais imponente, embora o crítico francês tenha traduzido por duas vezes a mesma fala em *Hamlet*, alguns anos atrás com admiração, mais recentemente com escárnio; e lamento descobrir que seu juízo se debilita quando deveria estar mais amadurecido. Mas farei uso de suas próprias palavras, ditas sobre o tópico geral do teatro, quando ele não pensava em recomendar ou vituperar a prática de Shakespeare; consequentemente, em um momento em que Voltaire foi imparcial. No prefácio de seu *Filho Pródigo*, aquela obra primorosa, a respeito da qual declaro minha admiração e que, ainda que eu viva outros vinte anos, confio que jamais tentaria ridicularizar, ele teve o seguinte a dizer, falando de comédia (mas igualmente aplicável à tragédia, se a tragédia é, como certamente deveria ser, um retrato da vida humana; assim como não posso conceber por que galanterias ocasionais deveriam ser banidas da cena trágica mais do que a seriedade patética deveria ser banida

E ATENÇÃO. PODERIAM QUIÇÁ AS HABILIDADES DO CRÍTICO EM RELAÇÃO À FORÇA E POTÊNCIA DE NOSSA LINGUAGEM ESTAREM TÃO INCORRETAS E INCOMPETENTES QUANTO SEU CONHECIMENTO DE NOSSA HISTÓRIA? DESTE ÚLTIMO FATO, SUA PRÓPRIA PENA NOS DEIXOU PROVAS EVIDENTES. EM SEU PREFÁCIO A EARL OF ESSEX, DE THOMAS CORNEILLE, MONSIEUR DE VOLTAIRE CONCEDE QUE A VERDADE HISTÓRICA FOI GROTESCAMENTE DETURPADA NAQUELA OBRA. COMO DESCULPA, ELE DEFENDE QUE, QUANDO CORNEILLE A ESCREVEU, A NOBREZA DA FRANÇA NÃO LIA MUITO SOBRE A HISTÓRIA INGLESA; CONTUDO, DIZ O COMENTARISTA, AGORA QUE ELES A ESTUDAM, ESSES CONCEITOS ERRÔNEOS NÃO DEVEM SER IGNORADOS – ENTRETANTO, ESQUECENDO-SE DE QUE O PERÍODO DA IGNORÂNCIA JÁ PASSOU, E QUE NÃO É TÃO NECESSÁRIO INSTRUIR AQUELES QUE JÁ SABEM, ELE ASSUME A TAREFA, ADVINDA DA SUPERABUNDÂNCIA DE SUA PRÓPRIA LEITURA, DE DAR À NOBREZA DE SEU PRÓPRIO PAÍS MINÚCIAS DOS FAVORITOS DA RAINHA ELIZABETH – DENTRE OS QUAIS, DIZ ELE, ROBERT DUDLEY ERA O PRIMEIRO E O CONDE DE LEICESTER, O SEGUNDO. PODERIA-SE ACREDITAR QUE URGIA INFORMAR O PRÓPRIO MONSIEUR DE VOLTAIRE QUE ROBERT DUDLEY E O CONDE DE LEICESTER ERAM A MESMA PESSOA.

da cômica): "*On y voit un mélange de sérieux et de plaisanterie, de comique et de touchant; souvent même une seule aventure produit tous ces contrastes. Rien n'est si commun qu'une maison dans laquelle un père gronde, une fille occupée de sa passion pleure; le fils se moque des deux, et quelques parents prennent différemment part à la scène &c. Nous n'inférons pas de là que toute comédie doive avoir des scènes de bouffonnerie et des scènes attendrissantes: il y a beaucoup de très bonnes pièces où il ne règne que de la gaieté; d'autres toutes sérieuses; d'autres mélangèes: d'autres où l'attendrissement va jusques aux larmes: il ne faut donner l'exclusion à aucun genre; et si on me demandoit, quel genre est le meilleur, je répondrois, celui qui est le mieux traité.*"[2]

Com certeza, se a comédia pode ser às vezes austera, a tragédia pode, de vez em quando, sobriamente, permitir-se um sorriso. Quem o proibiria? Será que o crítico que, em defesa própria, declara que nada deve ser excluído da comédia, quer impor leis a Shakespeare?

Estou ciente de que o prefácio de onde retirei os trechos com essas citações não consta sob o nome de Monsieur de Voltaire, mas no de seu editor; no entanto, quem duvida de que o editor e o autor fossem a mesma pessoa? Ou onde está esse editor, que possuía tão alegremente o estilo de seu autor e sua brilhante comodidade argumentativa? Essas passagens eram, indubitavelmente, os sentimentos

---

[2] "VÊ-SE ALI UMA MISTURA DE SERIEDADE E LEVEZA, DO CÔMICO E DO TRÁGICO; AMIÚDE, ATÉ MESMO UMA ÚNICA AVENTURA EXIBE TODOS ESSES CONTRASTES. NADA É MAIS COMUM DO QUE UMA CASA ONDE O PAI CENSURA, UMA GAROTA, OCUPADA POR SUAS PAIXÕES, CHORA, O FILHO ZOMBA DOS DOIS, ALGUNS PARENTES ASSUMEM UM PAPEL DIFERENTE NA CENA, ETC. NÃO INFERIMOS DISSO QUE TODA COMÉDIA DEVE TER CENAS DE BUFONARIA E DE SERIEDADE. NUM MOMENTO EXISTE ALEGRIA, NO OUTRO SERIEDADE, AGORA UMA MISTURA DE AMBOS. EXISTEM TAMBÉM OUTRAS, NAS QUAIS A TERNURA NOS COMOVE AO PONTO DAS LÁGRIMAS. NÃO DEVEMOS EXCLUIR NENHUM TIPO E, SE ME PERGUNTASSEM QUAL É O MELHOR, EU RESPONDERIA: "AQUELA QUE FOI MELHOR CONSTRUÍDA".

genuínos daquele grande escritor. Na epístola a Maffei, prefixada a seu Mérope, ele emite quase a mesma opinião – apesar de, creio, com certa ironia. Repetirei as palavras dele e em seguida darei meu motivo para citá-las. Depois de traduzir um trecho do Mérope de Maffei, Monsieur de Voltaire acrescenta: "*Tous ces traits sont naifs; tout y est convenable à ceux que vous introduisez sur la scène, et aux moeurs que vous leur donnez. Ces familiarités naturelles eussent été, à ce que je crois, bien reçues dans Athènes; mais Paris et notre parterre veulent une autre espèce de simplicité.*"³

Eu declaro que duvido que não exista um grão de desdém nesse e em outros trechos daquela epístola; entretanto, a força da verdade não é danificada por ser tingida de zombaria. Maffei pretendia representar uma história grega: certamente os atenienses eram juízes tão competentes dos costumes gregos e do decoro de apresentá-los quanto a *parterre* de Paris. "Pelo contrário", diz Voltaire (e é inevitável admirar seu argumento), "havia apenas dez mil cidadãos em Atenas, e Paris tem quase oitocentos mil habitantes, dos quais pode-se tirar trinta mil juízes de obras dramáticas." De fato! Mas ainda que o tribunal seja numeroso, acredito que esta é a única ocasião em que já se pretendeu que trinta mil pessoas, vivendo quase dois mil anos depois da era em questão, foram declaradas, sob a luz meramente da superioridade numérica, melhores juízes do que os próprios gregos do que deveriam ser os costumes de uma tragédia escrita sobre uma história grega.

---

3 "TODAS ESSAS CARACTERÍSTICAS SÃO INGÊNUAS. TUDO É CONVENIENTE ÀQUELES QUE APRESENTAM A CENA E AOS COSTUMES QUE VOCÊ LHES DER. ESSAS FAMILIARIDADES NATURAIS TERIAM, CREIO EU, SIDO BEM RECEBIDAS EM ATENAS, MAS PARIS E NOSSA NAÇÃO PREFEREM OUTRO TIPO DE SUTILEZA."

Não vou iniciar uma discussão da *espèce de simplicité*, que a *parterre* de Paris exige, nem falar sobre os grilhões com que os trinta mil juízes atravancaram sua poesia, cujo principal mérito, pelo que percebo de trechos repetidos nos Novos Comentários sobre Corneille, consiste em saltar apesar das correntes. Um mérito que, caso seja verdadeiro, reduziria a poesia de um empenho elevado da imaginação para um trabalho pueril e assaz desprezível – *difficiles nugae* [versos ruins] com testemunhas! Não posso, contudo, deixar de mencionar uma parelha que, para meus ouvidos ingleses, sempre soaram como o exemplo mais frívolo de decoro circunstancial, mas que Voltaire, que lidou de modo tão severo com nove de dez partes das obras de Corneille, destacou para defender em Racine:

De son appartement cette porte est prochaine
Et cette autre conduit dans celui de la Reine.

Ao armário de César se chega por essa
[portinha,
E essa outra leva à sala de visitas da Rainha.

Pobre Shakespeare! Fizesses Rosencrantz informar seu camarada, Guildenstern, sobre a iconografia do palácio de Copenhague em vez de nos apresentar um diálogo moral entre o príncipe da Dinamarca e o coveiro, o fosso iluminado de Paris teria sido instruído *uma segunda vez* a adorar teus talentos.

O resultado de tudo o que eu disse é para abrigar minha própria ousadia sob o cânon do gênio mais brilhante que este país já produziu, ao menos. Eu poderia ter apelado para o fato de que, tendo criado uma nova espécie de romance, detinha a liberdade para impor as regras que julgasse apropriadas para sua condução; mas eu ficaria mais orgulhoso de ter imitado, por mais leve e debilmente que seja, e à distância, um padrão tão magistral do que desfrutaria de todo o mérito pela invenção, a menos que eu pudesse ter marcado minha obra com a presença do gênio, além de originalidade. Como tal, o público a honrou o bastante, seja qual for o nível em que seus votos a colocaram.

SONETO À JUSTA E HONORÁVEL SENHORA MARY COKE

A gentil donzela, cujo infeliz relato
Estas páginas melancólicas narram;
Diz, dama graciosa, se ela consegue
Derramar uma lágrima em teu rosto?

Não; nunca foi o teu seio piedoso
Insensível às desgraças humanas;
Terno, embora firme, ele se tortura
Por fraquezas que jamais conheceu.

Oh! Proteja as maravilhas que relato
Da amarga ambição castigada pelo destino,
E da condenação obstinada da razão.

Com a bênção de tua simpatia,
Impelem-me os ventos da fantasia
Pois teus sorrisos são a minha alegria.

CAPÍTULO I

Manfredo, príncipe de Otranto, tinha um filho e uma filha: esta era a mais bela virgem, contava dezoito anos e chamava-se Matilda. Conrado, o filho, era três anos mais novo, um jovem sem graça, doentio e de disposição nada promissora; ainda assim, ele era o preferido de seu pai, que jamais demonstrou qualquer sinal de afeto por Matilda. Manfredo havia arranjado o casamento de Conrado com a filha do marquês de Vicenza, Isabella; e ela já tinha sido entregue por seus guardiães às mãos do príncipe de Otranto para que ele pudesse celebrar o casamento assim que o estado enfermiço de saúde do filho permitisse.

A impaciência com que Manfredo esperava pela cerimônia foi notada por seus familiares e seus vizinhos. Os primeiros, realmente, percebendo a severa disposição do príncipe, sequer ousavam sussurrar suposições a respeito dessa precipitação. Hipólita, sua esposa, uma dama de temperamento afetuoso, aventurou-se a expor o perigo de casarem seu único filho tão cedo, considerando a grande juventude dele e suas ainda maiores enfermidades; mas, como resposta, ela recebeu somente reflexões sobre sua própria esterilidade, uma vez que deu ao marido somente um herdeiro. Já os vassalos e os súditos eram menos cautelosos em suas conversas. Eles atribuíam esse casamento apressado ao horror que o príncipe sentia do cumprimento de uma antiga profecia, segundo a qual o castelo e a senhoria de Otranto "deveriam passar da presente família assim que o verdadeiro proprietário crescesse demais para habitá-lo". Era difícil encontrar sentido nessa profecia; e mais difícil ainda era conceber a relação entre ela e o casamento em questão. Ainda assim, esses mistérios, ou contradições, não faziam com que o populacho acreditasse menos.

O dia do aniversário do jovem Conrado foi a data escolhida para o matrimônio. Os convidados foram reunidos na capela do Castelo e tudo estava pronto para o começo do divino ofício quando perceberam que o noivo havia desaparecido. Manfredo, impaciente com qualquer atraso e sem ter visto o seu filho retirar-se, despachou um de seus criados para convocar o jovem príncipe. O servo, que não saiu por tempo o bastante para ter cruzado o pátio até os aposentos de Conrado, voltou correndo e sem fôlego, desvairado, seus olhos esbugalhados e a boca espumando. Ele não disse nada, mas apontou para o pátio.

As pessoas foram tomadas por terror e surpresa. A princesa Hipólita, sem saber o que acontecia mas ansiosa por conta de seu filho, desmaiou. Manfredo, menos apreensivo do que furioso pelo atraso das núpcias, e diante do descontrole de seu criado, perguntou imperiosamente:

– O que está acontecendo?

O servo não respondeu, mas continuou a apontar na direção do pátio; e então, depois de repetidas perguntas, ele gritou:

– Oh! O elmo! O elmo!

Nesse ínterim, alguns dos presentes haviam corrido para lá, de onde se ouviu um confuso ruído de gritos e outras manifestações de horror e surpresa. Manfredo, que começou a se alarmar por não ver o filho, foi investigar o que estava causando essa estranha confusão. Matilda ficou para cuidar de sua mãe e Isabella permaneceu pelo mesmo motivo, e para evitar revelar qualquer impaciência pelo noivo, por quem, na verdade, ela cultivava pouca afeição.

A primeira coisa que atingiu os olhos de Manfredo foi um grupo de seus servos tentando erguer algo que, para ele, parecia uma montanha de plumas escuras. Ele olhou fixamente sem acreditar no que via.

– O que estão fazendo? – gritou Manfredo, cheio de ira. – Onde está meu filho?

Uma rajada de vozes respondeu:

– Oh! Meu senhor! O príncipe! O príncipe! O elmo! O elmo!

Chocado com esses sons lamentáveis, e temendo sem saber o que, Manfredo avançou rapidamente. Mas que visão para os olhos de um pai! Encontrou seu filho feito em pedaços e quase enterrado sob um elmo enorme, cem vezes maior do que qualquer capacete já feito para um ser humano, e resguardado por uma quantidade proporcional de penas negras.

O horror do ocorrido, a ignorância de todos sobre como esse infortúnio havia acontecido e, acima de tudo, o tremendo fenômeno que tinha diante de si tiraram a voz do príncipe. Ainda assim, seu silêncio foi mais longo do que mesmo a dor faria prever. Ele fixou os olhos no que desejou em vão ser somente uma visão; e pareceu menos atento à perda do que imerso em meditação sobre o estupendo objeto que a havia causado. Ele tocou, ele examinou o capacete fatal; nem os restos mutilados e sangrentos do jovem príncipe distraíram os olhos de Manfredo do portento à sua frente.

Todos que conheciam a predileção do príncipe pelo jovem Conrado estavam tão surpresos com a sua insensibilidade quanto estupefatos com o prodígio do elmo. Eles transportaram o cadáver desfigurado para o *hall* sem receber quaisquer orientações de Manfredo. Ele também permanecia indiferente às damas que ficaram na capela. Com efeito, sem mencionar as infelizes princesas, sua esposa e sua filha, os primeiros sons que saíram dos lábios de Manfredo foram:

– Cuidem da senhorita Isabella.

Os criados, sem notar a peculiaridade dessa ordem, foram guiados pela afeição à princesa-mãe a considerar a ordem como dirigida particularmente a ela, e acorreram para ajudá-la. Eles a transportaram para seus aposentos mais morta do que viva, e indiferente a todas as estranhas circunstâncias que ouvia, exceto pela morte de seu filho.

Matilda, que era devotada à mãe, sufocou sua própria dor e espanto e não pensou em nada a não ser cuidar da princesa aflita, confortando-a. Isabella, que havia sido tratada por Hipólita como uma filha, e que devolvia a ternura com devoção e afeto na mesma medida, dispensava à princesa igual cuidado; ao mesmo tempo, ela tentava compartilhar e atenuar o peso da tristeza que viu Matilda esforçando-se para suprimir; Isabella havia criado por ela a mais calorosa simpatia e amizade. Ainda assim, sua própria situação não ocupava menos seus pensamentos. Ela não sentia preocupação pela morte do jovem Conrado, apenas comiseração; e não se sentia triste por se ver livre de um casamento que lhe traria pouca felicidade, fosse por seu prometido noivo ou pelo temperamento severo de Manfredo, que, embora a tivesse tratado com distinção e grande indulgência, havia imprimido terror em sua mente por conta do rigor infundado com que tratava princesas tão amáveis como Hipólita e Matilda.

Enquanto as duas estavam carregando a infeliz mãe para sua cama, Manfredo permaneceu no pátio, contemplando o terrível elmo, e desatento à multidão que a estranheza do evento havia reunido ao seu redor. As poucas palavras que ele articulou tendiam apenas para questionamentos sobre se alguém sabia de onde o objeto havia vindo. Ninguém foi capaz de dar qualquer informação. No entanto, como parecia ser a única fonte de sua curiosidade, o elmo também tornou-se o foco de atenção do resto dos espectadores, cujas conjecturas eram tão absurdas e improváveis quanto a catástrofe era sem precedentes. Em meio às hipóteses sem sentido, um jovem camponês, a quem o rumor havia atraído de um vilarejo vizinho, observou que o elmo miraculoso era exatamente igual àquele da estátua de mármore negro de Alfonso, o Bom, um dos príncipes anteriores da região, que estava na igreja de São Nicolau.

— Vilão! Que dizeis vós? – gritou Manfredo, indo do transe para uma tempestade de fúria e agarrando o rapaz pelo colarinho. – Como ousais vós proferir tal traição? Vossa vida pagará por isso.

Os espectadores, que pouco compreenderam tanto a causa da fúria do príncipe quanto o resto do que haviam testemunhado, ficaram atônitos diante dessa nova circunstância. O jovem camponês estava ainda mais surpreso, sem conceber como havia ofendido o príncipe. Ainda assim, recompondo-se com uma mistura de graça e humildade, ele se desvencilhou das garras de Manfredo e então, com uma mesura que revelou mais ressentimento da inocência do que consternação, ele perguntou, com respeito, de qual crime era culpado. Manfredo, mais enfurecido com o vigor com que o rapaz havia se libertado dele, ainda que exercido decentemente, do que apaziguado por sua submissão, ordenou a seus vassalos que o agarrassem e, se o príncipe não tivesse sido retido pelos amigos que havia convidado para o casamento, teria apunhalado o camponês em seus braços.

Durante essa altercação, alguns dos espectadores do povo haviam corrido para a grande igreja, que ficava próxima ao castelo, e voltaram boquiabertos, declarando que o elmo havia desaparecido da estátua de Alfonso. Com essa notícia, Manfredo ficou totalmente frenético; e, como se procurasse algo em que dissipar sua tempestade interior, correu novamente contra o jovem camponês, gritando:

– Vilão! Monstro! Feiticeiro! Fostes vós que fizestes isso! Fostes vós que assassinastes meu filho!

A multidão, que precisava de algo plausível, algo em que pudesse descarregar seus pensamentos desorientados, ecoou as palavras da boca de seu senhor: "Sim, sim; foi ele! Ele roubou o elmo do túmulo do bom Alfonso, e o arremessou contra os miolos de nosso jovem príncipe!", jamais refletindo sobre quão enorme era a desproporção entre o capacete de mármore que estava na igreja e aquele de aço que se encontrava diante de seus olhos; tampouco refletindo sobre a impossibilidade de um jovem que mal tinha vinte anos carregar uma peça de armadura de peso tão prodigioso.

A loucura dessas manifestações trouxe Manfredo de volta a si; ainda assim, fosse provocado pela semelhança entre os dois elmos apontada pelo camponês, o que levou à descoberta da ausência da peça na igreja, fosse pelo desejo de sepultar qualquer rumor a respeito de uma suposição tão impertinente, ele pronunciou gravemente que o rapaz era um necromante e que, até que a Igreja tomasse conhecimento do caso, ele manteria o mago, que assim haviam identificado, como prisioneiro sob o próprio elmo. Dessa maneira, o príncipe ordenou aos servos que erguessem o capacete e colocassem o jovem embaixo;

declarou, então, que ele deveria permanecer lá sem comida, que seria fornecida por sua própria arte infernal.

Foi em vão que o rapaz protestou contra essa sentença absurda. Em vão, também, os amigos de Manfredo tentaram demovê-lo de tal resolução selvagem e tão pouco fundamentada. Os demais presentes ficaram encantados com a decisão de seu senhor, a qual carregava grande aparência de justiça para suas apreensões, uma vez que o mago seria punido pelo mesmo instrumento com o qual ele havia ofendido; tampouco compadeceram-se com a probabilidade de o jovem morrer de fome, pois acreditavam firmemente que, com suas habilidades diabólicas, ele poderia alimentar-se com facilidade.

Assim, Manfredo viu seus comandos obedecidos com certo entusiasmo até; e, designando um guarda com ordens rigorosas de impedir que qualquer alimento fosse levado ao prisioneiro, ele dispensou seus amigos e subordinados e retirou-se para seus aposentos depois de trancar os portões do castelo, no qual ordenou que somente seus criados permanecessem.

Enquanto isso, o zelo e a atenção das jovens damas haviam reanimado a princesa Hipólita, que, em meio aos devaneios de sua própria dor, frequentemente pedia notícias de seu esposo, e que teria despachado suas criadas para que cuidassem dele, e que enfim ordenou a Matilda que a deixasse para visitar e dar conforto ao pai. A filha, pouco inclinada a demonstrar afeto a Manfredo, pois tremia diante de sua austeridade, obedeceu às ordens de Hipólita, que ternamente deixou aos cuidados de Isabella; e perguntando aos servos sobre o pai, foi informada de que ele havia se retirado para seu quarto e que dera ordens para que ninguém entrasse. Convencida de que Manfredo mergulhara na tristeza pela morte de seu irmão e temendo que a presença da filha que restava renovasse suas lágrimas, Matilda hesitou em perturbar sua aflição; no entanto, a solicitude, apoiada pelos pedidos da mãe, encorajaram-na a desobedecer às ordens que ele havia dado; essa era uma falta da qual ela nunca fora culpada até aqui.

A timidez suave da natureza de Matilda obrigou-a a deter-se durante alguns minutos diante da porta de Manfredo. Ela o ouviu ir e vir pelo quarto com passos desordenados; um estado de espírito que aumentou suas apreensões. No entanto, ela estava prestes a implorar para entrar quando Manfredo abriu a porta subitamente; era crepúsculo e estava escuro, o que aumentou a confusão na mente dele, que não conseguiu distinguir a pessoa que tinha à frente e perguntou raivosamente quem era. Matilda respondeu, tremendo:

– Meu querido pai, sou eu, sua filha.

Manfredo, afastando-se rapidamente, gritou:

– Saia! Não quero uma filha!

E, afastando-se com urgência, bateu a porta contra a aterrorizada Matilda.

Ela estava bastante acostumada à impetuosidade do pai para tentar uma segunda intrusão. Ao recuperar-se um pouco do choque de uma recepção tão amarga, ela enxugou as lágrimas para evitar o golpe que essas causariam em Hipólita, que perguntou ansiosamente à filha sobre a saúde de Manfredo e sobre como ele lidava com a perda. Matilda assegurou-lhe de que ele estava bem, e que suportava o infortúnio com força viril.

– Mas ele não me permitirá vê-lo? – disse Hipólita, pesarosa. – Será que ele não me permitirá misturar minhas lágrimas às dele, e derramar os sofrimentos de uma mãe no peito de seu marido? Ou você está me enganando, Matilda? Sei o quanto Manfredo amava o filho: não terá sido o golpe forte demais para ele? Não terá ele sucumbido? Você não me responde... Ah! Temo o pior! Ergam-me, minhas aias; eu vou, eu vou ver meu senhor. Levem-me a ele imediatamente: ele me é mais querido até do que meus próprios filhos.

Matilda sinalizou para que Isabella impedisse Hipólita de se levantar; e ambas as jovens usavam seus gentis esforços para deter e acalmar a princesa, quando um servo de Manfredo entrou e avisou Isabella de que seu senhor exigia falar com ela.

— Comigo! — gritou Isabella.

— Vá — disse Hipólita, aliviada por uma mensagem do marido. — Manfredo não consegue suportar ver sua própria família. Ele crê que você esteja menos perturbada do que estamos, e teme o choque de meu luto. Console-o, querida Isabella, e diga a ele que vou sufocar minha própria angústia em vez de somá-la à dele.

Como já era noite, o criado que conduzia Isabella carregava uma tocha à sua frente. Quando chegaram a Manfredo, que andava com impaciência pela galeria, ele disse apressadamente:

— Saia e leve esta luz.

Então, depois de fechar a porta com violência, ele se atirou sobre um banco contra a parede e fez sinal para que Isabella se sentasse ao seu lado. Ela obedeceu, tremendo.

— Mandei chamá-la, senhora — disse Manfredo. Em seguida calou-se, transmitindo grande confusão.

— Meu senhor!

— Sim, mandei chamá-la por conta de um assunto de grande importância — prosseguiu ele. — Seque suas lágrimas, jovem senhora; você perdeu seu noivo. Sim, destino cruel! E eu perdi as esperanças de minha raça! Mas Conrado não era digno de sua beleza.

— Como, meu senhor! — disse Isabella. — O senhor certamente não suspeita que eu não sinta a devida preocupação: minha lealdade e meu afeto teriam sempre...

— Não pense mais sobre ele – interrompeu Manfredo. – Ele era uma criança doentia, insignificante, e o Paraíso talvez o tenha acolhido para que eu não confiasse a dignidade de minha casa a um alicerce tão frágil. A linhagem dos Manfredo exige inúmeros pilares. Minha tola predileção por aquele garoto cegou os olhos de minha prudência... mas é melhor assim. Espero que, daqui a alguns anos, eu tenha motivos para alegrar-me com a morte de Conrado.

Palavras não podiam expressar o espanto de Isabella. De início, ela acreditou que o luto havia desorientado o entendimento de Manfredo. O pensamento a seguir sugeriu que a estranha fala do príncipe tinha o objetivo de enganá-la: ela temia que ele houvesse percebido sua indiferença por Conrado; e, diante dessa ideia, ela respondeu:

— Meu bom senhor, não duvide de minha ternura: meu coração teria acompanhado minha mão. Conrado teria recebido todo o meu carinho; e não importa qual seja meu destino, sempre estimarei sua memória, e considerarei sua alteza e a virtuosa Hipólita como meus pais.

— Maldita seja Hipólita! – gritou Manfredo. – Esqueça-a a partir de agora, como eu farei. Em suma, senhora, você perdeu um marido que não estava à altura de seus encantos: eles agora terão melhor destino. Em vez de um garoto enfermo, você terá um marido no auge de seu vigor, que saberá valorizar sua beleza e poderá gerar uma prole numerosa.

— Ai, meu senhor! – disse Isabella. – Minha mente está tão tristemente tomada pela catástrofe recente em sua família, que não consigo pensar em outro casamento. Se meu pai algum dia retornar, e for de sua vontade, devo obedecer, da mesma forma que consenti dar minha mão ao seu filho. Porém, até seu retorno, permita-me permanecer sob seu teto hospitaleiro, onde dedicarei horas melancólicas a confortar sua dor, a de Hipólita e a da leal Matilda.

— Já lhe disse — avisou Manfredo raivosamente — para se esquecer daquela mulher: de agora em diante, ela deve ser uma desconhecida para você, assim como será para mim. Em resumo, Isabella, uma vez que não posso lhe dar meu filho, eu ofereço a mim mesmo.

— Céus! — gritou Isabella, despertando de seus devaneios. — O que ouço? O senhor, milorde! O senhor! Meu sogro! O pai de Conrado! O marido da virtuosa e gentil Hipólita!

— Estou lhe dizendo — repetiu Manfredo imperiosamente. — Hipólita não é mais minha esposa; eu me divorcio dela agora mesmo. Ela já me amaldiçoou com sua esterilidade por tempo demais. Minha sorte depende de ter filhos, e esta noite, acredito, dará novo ímpeto para minhas esperanças.

Ao dizer essas palavras, ele agarrou a mão fria de Isabella, que estava semimorta de medo e horror. Ela gritou e se afastou; Manfredo erguia-se para persegui-la quando a lua, que já estava no céu e lançava seu brilho pelos caixilhos do lado oposto a ele, revelou-lhe as plumas do elmo fatal, que erguiam-se à altura das janelas, ondulando para a frente e para trás de maneira tempestuosa, e acompanhadas por um farfalhar oco. Isabella, que tirou coragem de sua situação e a quem nada assustava mais do que Manfredo seguir adiante com sua declaração, gritou:

— Olhe, meu senhor! Veja, o próprio Paraíso declara-se contra suas intenções ímpias!

— Nem céu nem inferno hão de impedir meus desígnios — afirmou Manfredo, avançando para deter a princesa.

Naquele instante, o retrato do avô do príncipe, pendurado sobre o banco em que os dois haviam se sentado, proferiu um profundo suspiro e elevou o tórax.

Isabella, que estava de costas para a pintura, não viu o movimento nem entendeu de onde viera o som, mas estacou e disse:

— Escute, meu senhor! Que som foi esse? — Ao mesmo tempo em que falava, avançou para a porta.

Manfredo, indeciso entre a fuga de Isabella, que agora alcançava as escadas, e a incapacidade de tirar os olhos do quadro, que começara a se mover, deu alguns passos atrás da princesa, ainda olhando de volta para o retrato, quando o viu deixar a moldura e descer até o chão com um ar grave e melancólico.

— Estarei sonhando? — gritou Manfredo, retornando. — Ou estarão os próprios demônios mancomunados contra mim? Falai, espectro infernal! Ou, se vós sois meu avô, porque vós também conspirais contra vosso desgraçado descendente, que tão profundamente padece por...

Antes que pudesse concluir a frase, a visão suspirou novamente e fez um sinal para que Manfredo a seguisse.

— Guiai-me! — gritou Manfredo. — Vos seguirei até o abismo da perdição.

O espectro caminhou calma e pesarosamente até o final da galeria e entrou em um aposento na ala direita. Manfredo o seguia de perto, cheio de ansiedade e horror, mas resoluto. Quando ia entrar no cômodo, a porta foi fechada com violência por uma mão invisível. O príncipe, reunindo suas forças, tentou abri-la com chutes, mas descobriu que ela resistia até a seus esforços mais vigorosos.

— Já que o inferno não vai saciar minha curiosidade — disse Manfredo —, usarei os métodos humanos sob meu poder para preservar minha raça; Isabella não há de me escapar.

A jovem, cuja força de vontade dera lugar ao terror no momento em que ela deixara Manfredo, continuou sua fuga até o final da escada principal. Lá, ela parou, sem saber para onde dirigir seus passos ou como escapar da impetuosidade do príncipe. Os portões do castelo, ela sabia, estavam trancados, e guardas posicionados no pátio. Se, como mandava-lhe o coração, ela fosse prevenir Hipólita a respeito do cruel destino que a aguardava, não haveria dúvidas de que Manfredo iria procurá-la por lá, e de que a natureza violenta do príncipe o incitaria a duplicar a injúria que concebera, sem deixar-lhes espaço para evitar o arrebatamento de suas paixões. A demora poderia dar a ele tempo para refletir sobre as terríveis medidas que havia concebido, ou poderia criar alguma circunstância a favor de Isabella, se ela pudesse – por aquela noite, ao menos – adiar os medonhos intentos do senhor do castelo. No entanto, onde esconder-se? Como evitar a perseguição que ele infalivelmente empreenderia por todo o castelo?

Enquanto esses pensamentos passavam rapidamente pela mente de Isabella, ela se lembrou de uma passagem subterrânea que levava das criptas do castelo até a igreja de São Nicolau. Se conseguisse alcançar o altar antes de ser capturada, ela sabia que mesmo a violência de Manfredo não ousaria profanar a santidade do local; e, caso não houvesse nenhuma outra forma de libertação, ela tomou a decisão de trancar-se para sempre entre aquelas santas virgens cujo convento era vizinho à catedral. Com essa resolução, ela pegou uma tocha que queimava aos pés da escada e correu para a passagem secreta.

A parte mais baixa do castelo havia sido escavada em uma série de claustros; e não era fácil, para alguém que fosse vítima de tamanha ansiedade, encontrar a porta que levava à caverna. Um silêncio insuportável reinava naquelas regiões subterrâneas, interrompido vez ou outra por rajadas de vento que estremeciam as portas pelas quais Isabella havia passado, e que, arranhando as dobradiças enferrujadas, ecoavam por aquele longo labirinto de escuridão. Cada murmúrio a atingia com um terror renovado; mesmo assim, o que ela mais temia era ouvir a voz furiosa de Manfredo instando seus criados a perseguirem-na.

Ela prosseguia tão suavemente quanto a impaciência lhe permitia, apesar de parar com frequência para escutar se estava sendo seguida.

Em um desses momentos, pensou ter ouvido um suspiro. Isabella estremeceu e recuou alguns passos. Por um instante, imaginou ter escutado os passos de alguém. Seu sangue gelou; concluiu que era Manfredo. Todas as sugestões inspiradas pelo horror fluíram para sua mente. Condenou-se pela fuga precipitada, que a havia exposto à ira do príncipe em um local onde seus gritos dificilmente atrairiam alguém para ajudá-la. Entretanto, o som não parecia vir de trás. Se Manfredo sabia onde ela estava, ele devia tê-la seguido. Isabella permanecia em um dos claustros, e os passos que ouviu eram muito distintos para soarem do caminho pelo qual ela viera. Animada por esse pensamento e desejando encontrar um amigo em qualquer pessoa que não fosse o príncipe, ela estava prestes a avançar quando uma porta, um pouco adiante à esquerda, foi suavemente aberta: mas antes que a tocha erguida por Isabella pudesse revelar quem a abrira, a pessoa retirou-se rapidamente ao perceber a luz.

A princesa, que qualquer incidente bastava para tornar receosa, hesitou. Seu pavor de Manfredo logo superou qualquer outro terror. A própria circunstância de aquela pessoa evitá-la deu-lhe alguma coragem. *Só poderia ser algum criado do castelo*, ela pensou. Sua natureza gentil jamais atraíra inimigos para si, e sua consciência inocente fez com que pensasse que os servos de Manfredo, a não ser que tivessem sido enviados pelo príncipe para procurá-la, prefeririam ajudá-la a impedir sua fuga. Fortalecendo-se com tais reflexões e acreditando, pelo que conseguia observar, que estava perto da entrada da caverna subterrânea, ela se aproximou da porta que havia sido aberta; entretanto, uma súbita rajada de vento extinguiu a chama de sua tocha, deixando-a na escuridão total.

Palavras não podem descrever o horror da situação em que se encontrava a princesa. Sozinha em um lugar tão sinistro, sua mente marcada por todos os terríveis eventos do dia, sem esperança de escapar, aguardando a chegada de Manfredo a cada momento, e distante de acalmar-se sabendo que estava ao alcance de outra pessoa que não sabia quem era, e que por algum motivo estava escondida por ali; todos esses pensamentos acumulavam-se em sua mente perturbada e ela estava prestes a afundar em meio a essas apreensões. Isabella se dirigiu a todos os santos no céu e internamente implorou por sua ajuda. Por um tempo considerável, ela permaneceu na agonia do desespero.

Enfim, tão levemente quanto possível, tateou à procura da porta e, tendo-a encontrado, entrou tremendo na cripta de onde vieram o suspiro e os passos que ouvira. Sentiu uma espécie de alegria momentânea ao perceber um vago raio de luar nublado cintilando desde o teto da cripta, que parecia ter cedido, e de onde pendia um fragmento de terra ou do edifício (ela não conseguia distinguir qual), que parecia ter sido destruído. Ela avançava avidamente na direção da fenda quando discerniu uma figura humana de pé, próxima à parede.

A princesa gritou, acreditando ser o fantasma de seu prometido Conrado. Avançando, a figura disse com uma voz submissa:

— Não se assuste, senhora; não vou feri-la.

Isabella, um pouco encorajada pelas palavras e pelo tom de voz do estranho, e recordando que essa devia ser a pessoa que abrira a porta, recuperou-se o suficiente para responder:

— Senhor, quem quer que seja, tenha piedade de uma pobre princesa que está à beira da ruína. Ajude-me a escapar deste castelo fatal, ou em alguns momentos poderei me tornar miserável para sempre.

— Ai de mim! — disse o estranho. — O que posso fazer para ajudá-la? Morrerei em sua defesa, mas não conheço o castelo, e quero...

— Oh! — falou Isabella, interrompendo-o precipitadamente. — Apenas me ajude a encontrar um alçapão que deve estar por aqui, e terá me prestado o mais grandioso serviço, já que não tenho um minuto a perder.

Enquanto dizia essas palavras ela apalpava o piso e orientou o estranho a fazer o mesmo, procurando por uma pequena peça de metal incrustada nas pedras.

– É uma fechadura – afirmou Isabella – que se abre com uma mola da qual sei o segredo. Se a encontrarmos, poderei escapar. Se não, ai de mim, cortês estranho, temo tê-lo envolvido em meu infortúnio: Manfredo vai suspeitar de você como cúmplice de minha fuga, e você se tornará vítima de seu ressentimento.

– Não valorizo minha vida – disse o estranho –, e sentirei algum conforto ao perdê-la ajudando-a a escapar de tamanha tirania.

– Jovem generoso – falou Isabella –, como poderei...

Enquanto proferia essas palavras, um raio de luar, fluindo através de uma fissura da ruína acima, brilhou diretamente na fechadura que procuravam.

– Oh! Milagre! – disse Isabella. – Aqui está o alçapão! – E, tirando a chave, ela tocou a mola que, acionada, revelou uma argola de ferro.

– Levante a porta – pediu a princesa.

O estranho obedeceu, e logo abaixo surgiram degraus de pedra que mergulhavam em um fosso totalmente escuro.

– Precisamos descer por aí – afirmou Isabella. – Siga-me; ainda que seja escuro e sinistro, não podemos perder o caminho; ele leva diretamente para a igreja de São Nicolau. Mas – acrescentou a princesa, com modéstia – talvez você não tenha motivos para deixar o castelo, nem eu tenha mais necessidade de seu auxílio; em alguns minutos, estarei a salvo da ira de Manfredo. Permita apenas que eu saiba a quem devo tanto agradecer.

– Jamais a abandonarei – disse o estranho energicamente –, até que a tenha deixado em segurança. Nem me creia, princesa, mais generoso do que sou; embora seja você o meu principal cuidado...

O estranho foi interrompido por um ruído súbito de vozes que pareciam se aproximar e os dois logo distinguiram estas palavras:

– Não me falem de necromantes. Afirmo que ela deve estar no castelo; vou encontrá-la a despeito dos feitiços.

– Oh, céus! – gritou Isabella. – É a voz de Manfredo! Rápido, ou estaremos perdidos! Feche o alçapão atrás de você.

Dizendo isso, ela desceu os degraus precipitadamente. E, ao apressar-se para segui-la, o estranho deixou que a porta escapasse de suas mãos: ela caiu e fechou-se novamente. Sem ter observado o método usado por Isabella, ele tentou em vão abri-la; mas sequer teve muito tempo. O estrondo havia sido ouvido por Manfredo, que correu na direção do som acompanhado por servos carregando tochas.

– Deve ser Isabella – gritou ele antes de entrar na cripta. – Ela está escapando pela passagem subterrânea, mas não pode ter ido longe.

Qual não foi o espanto do príncipe quando, em vez de Isabella, a luz das tochas revelou-lhe o jovem camponês que ele acreditava estar confinado sob o elmo fatal!

– Traidor! – disse Manfredo. – Como chegastes até aqui? Eu acreditava que estáveis prisioneiro no pátio.

– Não sou traidor – respondeu corajosamente o rapaz –, nem sou responsável por seus pensamentos.

– Vilão presunçoso! – gritou o príncipe. – Ousais provocar a minha ira? Dizei: como escapastes lá de cima? Corrompestes os guardas, que pagarão com suas vidas.

– Minha pobreza – disse o camponês, com calma – vai absolvê-los: apesar de serem agentes da ira de um tirano, são fiéis a vós e desejosos de executar as ordens que tão injustamente lhes são impostas.

— Sois tão destemido para desafiar minha vingança? – perguntou o príncipe. — Mas torturas hão de extrair a verdade de vós. Dizei-me; quero saber quem são vossos cúmplices.

— Lá estava meu cúmplice! – disse o jovem, sorrindo e apontando para o teto.

Manfredo ordenou que as tochas fossem erguidas e percebeu que uma das arestas do elmo enfeitiçado, quando este fora derrubado sobre o camponês, havia feito com que o piso do pátio cedesse, abrindo-se até o teto da cripta e deixando uma fresta por onde o rapaz havia passado alguns minutos antes de ser encontrado por Isabella.

— Aquele foi o caminho pelo qual vós descestes? – indagou Manfredo.

— Sim – disse o jovem.

— Mas qual foi o ruído – perguntou Manfredo – que ouvi quando entrei no claustro?

— Uma porta batendo – respondeu o camponês. — Ouvi tão bem quanto o senhor.

— Qual porta? – questionou Manfredo sem hesitar.

— Não estou familiarizado com o seu castelo – afirmou o rapaz. — Esta é a primeira vez que me encontro aqui, e esta cripta é a única parte dentro dele em que já estive.

— Mas digo a vós – afirmou Manfredo, desejando descobrir se o jovem havia encontrado o alçapão. — Foi por aqui que ouvi o ruído. Meus servos ouviram-no também.

— Meu senhor – interrompeu um deles de modo prestativo –, com certeza era o alçapão e ele iria escapar por ali.

— Quieto, estúpido! – vociferou o príncipe. — Se ele iria escapar, por que é que está deste lado? Saberei de sua própria boca qual foi o som que ouvi. Dizei-me; vossa vida depende de vossa sinceridade.

— Minha sinceridade me é mais cara do que minha vida – respondeu o camponês. – Eu não venderia uma para comprar a outra.

— De fato, jovem filósofo! – devolveu Manfredo com desdém. – Dizei, então, qual foi o ruído que ouvi?

— Pergunte-me o que eu possa responder – disse o jovem –, e me condene à morte imediatamente se eu disser alguma mentira.

Cada vez mais impaciente diante da valentia imperturbável e da indiferença do rapaz, Manfredo gritou:

— Pois bem, homem da verdade, então responda! Foi a porta do alçapão que ouvi?

— Foi – confessou o jovem.

— Foi! – disse o príncipe. – E como chegastes a saber que havia um alçapão por aqui?

— Eu vi a placa de metal brilhando ao luar – respondeu.

— Mas o que vos disse que era uma fechadura? – indagou Manfredo. – Como descobristes o segredo que a abria?

— A Providência, que me livrou do elmo, dirigiu-me até a mola da fechadura – contou ele.

— A Providência deveria ter ido um pouco além para vos tirar do alcance de minha vingança – disse Manfredo. – Quando a Providência vos ensinou a abrir a fechadura, vos abandonou por ser um tolo, uma vez que não soubestes fazer uso de seus favores. Por que não prosseguistes pelo caminho que se apresentou a vós? Por que fechastes o alçapão antes que tivestes descido pelos degraus?

— Poderia também perguntar ao senhor – disse o camponês – como eu, sem ter qualquer conhecimento de seu castelo, saberia que tais degraus levam a alguma saída? Mas não fugirei às suas perguntas. Não importa aonde esses degraus conduzem, eu talvez devesse ter explorado o caminho; eu não poderia ficar em uma situação pior do que aquela em que me encontrava. Mas a verdade é que deixei a porta do alçapão cair; logo depois, o senhor chegou. Eu tinha soado o alarme; o que importava, para mim, ser capturado um minuto mais cedo ou mais tarde?

— Vós sois verdadeiramente um vilão para os anos que tem — disparou Manfredo. — No entanto, refletindo bem, desconfio de que estejais a brincar comigo. Vós ainda não dissestes como abristes a fechadura.

— Isso eu lhe mostrarei, meu senhor — disse o camponês; e, coletando um fragmento de pedra que caíra do teto, ele se debruçou sobre o alçapão e começou a bater na peça de metal que o cobria, pretendendo ganhar tempo para que a princesa escapasse. Esta presença de espírito, somada à franqueza da idade, desconcertou Manfredo. Ele até se sentiu disposto a perdoar alguém que não era culpado de crime algum. O príncipe não era um daqueles tiranos selvagens que se afundam em crueldade sem serem provocados. As circunstâncias do destino haviam dado aspereza ao seu temperamento, que era naturalmente humano; e suas virtudes estavam sempre prontas a surgir, quando as paixões não lhe obscureciam a razão.

Enquanto o príncipe estava enredado nesses pensamentos, um rumor confuso de vozes ecoou pelas criptas mais afastadas. Conforme o som se aproximava, Manfredo distinguiu os clamores de alguns de seus servos, a quem ele havia enviado pelo castelo em busca de Isabella, chamando:

— Onde está meu senhor? Onde está o príncipe?

— Estou aqui — disse Manfredo quando eles se aproximaram. — Vocês encontraram a princesa?

O primeiro que chegou respondeu:

— Oh, meu senhor! Estou feliz por tê-lo encontrado.

— Me encontrado! — devolveu Manfredo. — Haveis encontrado a princesa?

— Achamos que a tivéssemos encontrado, meu senhor – disse o criado, que parecia aterrorizado –, mas...

— Mas o quê? – gritou o príncipe. – Ela escapou?

— Jaquez e eu, meu senhor...

— Sim, eu e Diego – interrompeu o segundo, que surgiu ainda mais consternado.

— Falai um de cada vez – disse Manfredo. – Eu pergunto, onde está a princesa?

— Nós não sabemos – ambos disseram juntos. – Mas estamos terrivelmente apavorados.

— É o que vejo, imbecis – falou Manfredo. – O que vos assustou assim?

— Oh, meu senhor – começou Jaquez. – Diego viu tal coisa! Sua alteza não acreditaria em nossos olhos.

— Que novo absurdo é este? – berrou o príncipe. – Dai-me uma resposta direta ou, pelos céus, eu...

— Ora, meu senhor, se apraz sua alteza me ouvir – retomou o pobre Jaquez –, Diego e eu...

— Sim, eu e Jaquez...

— Eu não vos proibi de falar ao mesmo tempo? – perguntou Manfredo. – Vós, Jaquez, respondei; pois o outro tolo parece ainda mais perturbado; qual é o problema?

— Meu amável senhor – disse Jaquez –, se lhe agrada ouvir-me; Diego e eu, seguindo as ordens de sua alteza, fomos procurar pela senhorita; mas, sendo possível que nós encontrássemos o fantasma de meu jovem senhor, filho de sua senhoria, que Deus tenha sua alma, uma vez que ele não recebeu um enterro cristão...

— Beberrão! – vociferou Manfredo, furioso. – Foi somente um fantasma, então, que vós haveis visto?

— Oh! Pior! Pior, meu senhor – lamuriou Diego. – Eu preferia ter visto dez fantasmas.

— Dai-me paciência! – disse Manfredo. – Esses estúpidos me atrapalham. Saí da minha frente, Diego! E vós, Jaquez, dizei-me em uma palavra, estais sóbrio? Estais delirando? Éreis um homem sensato: terá o outro bêbado apavorado a si mesmo e a vós também? Falai; o que foi que ele imagina ter visto?

— Sim, meu senhor – respondeu Jaquez, tremendo. – Eu ia dizer à sua alteza que, desde o calamitoso infortúnio de meu jovem senhor (Deus acolha sua preciosa alma!), nenhum de nós, seus leais servos; de fato somos, meu senhor, apesar de pobres homens; eu dizia, nenhum de nós ousou dar um passo pelo castelo, senão acompanhado por outro. Então Diego e eu, imaginando que a jovem princesa pudesse estar na grande galeria, fomos para lá para procurá-la e dizer a ela que sua alteza tinha algo a comunicar-lhe.

— Oh, idiotas desvairados! – exclamou Manfredo. – E, enquanto isso, ela conseguiu escapar porque vocês estavam com medo de duendes! Ora, patifes! Ela me deixou na galeria; eu mesmo vim de lá.

— Por tudo que sei, ela ainda pode estar lá – afirmou Jaquez. – Mas o diabo há de me pegar antes que eu volte lá para procurá-la. Pobre Diego! Não acho que ele vá se recuperar.

— Recuperar-se de quê? – perguntou Manfredo. – Será que jamais descobrirei o que apavorou esses dois tratantes? Mas estou perdendo meu tempo; siga-me, escravo. Vou ver se ela está na galeria.

— Pelo amor de Deus, meu caro, meu bom senhor – suplicou Jaquez –, não vá à galeria. Creio que o próprio Satã esteja no aposento lateral.

Manfredo, que até aqui havia tratado o terror de seus servos como algo inútil, foi atingido por essa nova circunstância. Ele se lembrou da aparição do retrato e da porta que se fechou subitamente no final da galeria. Sua voz falhou, e então ele perguntou confusamente:

— O que está no grande aposento?

— Meu senhor — disse Jaquez —, quando Diego e eu chegamos à galeria, ele foi na frente, pois dizia ter mais coragem do que eu. Então, quando entramos na galeria, não encontramos ninguém. Olhamos sob cada banco e cada assento; e mesmo assim não achamos ninguém.

— Os quadros estavam em seus lugares? — perguntou Manfredo.

— Sim, meu senhor — respondeu Jaquez. — Mas não pensamos em olhar atrás deles.

— Bem, bem! — devolveu o príncipe. — Continuai.

— Quando chegamos à porta do grande quarto — continuou o servo —, nós a encontramos fechada.

— E vós não conseguistes abri-la? — indagou Manfredo.

— Oh! Sim, meu senhor; quisera que não o tivéssemos feito! — respondeu ele. — Não, não fui eu; foi Diego: ele havia se tornado obcecado e avançou, apesar de eu aconselhá-lo a não fazer isso. Se eu abrir uma porta que está fechada de novo...

— Não brinqueis — disse Manfredo, estremecendo —, mas dizei o que vistes ao abrirdes a porta.

— Eu! Meu senhor! — afirmou Jaquez. — Eu estava atrás de Diego; mas ouvi o ruído.

— Jaquez — disse o príncipe, com tom de voz solene. — Dizei, vos obrigo pelas almas de meus ancestrais, o que vistes? O que escutastes?

— Foi Diego que viu, meu senhor, não fui eu — respondeu Jaquez. — Eu apenas ouvi o som. Diego tinha acabado de abrir a porta quando gritou e correu de volta. Também corri e perguntei, "é o fantasma?"; "O fantasma! Não, não", afirmou Diego, com os cabelos em pé. "É um gigante, creio; está todo de armadura, pois vi seu pé e parte de sua perna, e eram tão grandes quanto o elmo no pátio". Enquanto ele dizia essas palavras, meu senhor, ouvimos um violento chocalhar de armadura, como se o gigante estivesse se levantando, pois Diego depois contou-me que ele acredita que a criatura estava deitada, uma vez que o pé e a perna estavam estirados sobre o piso. Antes que pudéssemos chegar ao final da galeria, nós ouvimos a porta do grande quarto fechar-se atrás de nós, mas não ousamos olhar para trás para ver se o gigante nos seguia. No entanto, agora que penso a respeito, nós o teríamos ouvido caso estivesse em nosso encalço. Mas pelo amor de Deus, meu bom senhor, traga o capelão e mande-o exorcizar o castelo, porque ele certamente está enfeitiçado.

– Ah, faça isso, meu senhor – clamaram todos os criados ao mesmo tempo –, ou teremos que deixar o serviço de sua alteza.

– Acalmai-vos, velhacos – vociferou Manfredo –, e me sigais; descobrirei o que tudo isso significa.

– Nós! Meu senhor! – clamaram todos em uma voz. – Nós não subiremos à galeria nem por todo o seu dinheiro.

O jovem camponês, que havia permanecido em silêncio, agora falou.

– Permite sua alteza – disse – que eu tente esta aventura? Minha vida não é importante para ninguém; não temo nenhum anjo mau, e não ofendi nenhum anjo bom.

– Sua atitude é melhor do que sua aparência – afirmou Manfredo, olhando-o com surpresa e admiração. – Mais tarde recompensarei sua bravura, mas agora – continuou com um suspiro –, nessas circunstâncias, não confio em outros olhos a não ser os meus. Em todo caso, dou-lhe permissão para acompanhar-me.

Manfredo, assim que saíra da galeria para seguir Isabella, tinha ido diretamente para o aposento de sua esposa, imaginando que a princesa buscara refúgio lá. Hipólita, que conhecia os passos do marido, ergueu-se com ansiosa ternura para encontrar o príncipe, a quem ela não via desde a morte do filho. Ela teria se lançado para ele com uma mistura de alegria e dor, mas Manfredo a empurrou rudemente e disse:

— Onde está Isabella?

— Isabella! Meu senhor! — respondeu Hipólita, atônita.

— Sim, Isabella — gritou Manfredo impetuosamente. — Eu quero Isabella.

— Meu senhor — devolveu Matilda, que percebeu o quanto o humor do pai havia perturbado a mãe. — Ela não está conosco desde que sua alteza a chamou para seu aposento.

— Digam-me onde ela está — falou o príncipe. — Não quero saber onde ela esteve.

— Meu bom senhor — retomou Hipólita —, sua filha diz a verdade: Isabella nos deixou para atender à sua ordem e não retornou desde então; mas, meu bom senhor, recomponha-se: retire-se para descansar. Este dia funesto o perturbou. Isabella vai esperar por suas ordens amanhã.

— Como? Então, você sabe onde ela está! — gritou Manfredo. — Diga-me sem demora, pois não perderei um instante! E você, mulher — dirigiu-se à esposa —, mande seu capelão me procurar imediatamente.

— Suponho que Isabella — prosseguiu Hipólita, tranquilamente — tenha se retirado para seu aposento: ela não está acostumada a velar até estas horas tardias. Meu gracioso senhor — continuou ela —, deixe-me saber o que o perturbou. Terá Isabella lhe ofendido?

— Não me importune com perguntas — respondeu Manfredo —, e me diga onde ela está.

— Matilda vai chamá-la — disse a princesa. — Sente-se, meu senhor, e restabeleça suas forças habituais.

— O quê, estareis com ciúme de Isabella e querereis participar de nosso encontro?

— Pelos Céus! Meu senhor – disse Hipólita –, quais são as intenções de sua alteza?

— Vós sabereis antes que muitos minutos se passem – afirmou o cruel príncipe. – Enviai-me vosso capelão e espere por mim aqui.

Com essas palavras, ele saiu do quarto à procura de Isabella, deixando as senhoras estupefatas com sua fala e seu comportamento frenético, e perdidas em meio a vãs conjecturas sobre o que o príncipe tinha em mente.

Manfredo agora estava voltando da cripta, acompanhado pelo camponês e por alguns servos que ele havia obrigado a o seguir. Ele subiu pela escada sem parar até chegar à galeria, diante de cuja porta encontrou Hipólita e o capelão. Quando Diego fora dispensado, ele foi diretamente até o aposento da princesa avisá-la sobre o que havia visto. Aquela excelente senhora, ainda que não duvidasse mais do que Manfredo sobre a veracidade da visão, tratou-a, mesmo assim, como se fosse um delírio do súdito. Desejando, no entanto, salvar seu esposo de qualquer choque adicional, e preparada por uma série de pesares para não tremer diante da intensificação de perigos, Hipólita resolveu fazer ela mesma o primeiro sacrifício, caso o destino tivesse eleito aquele momento para a destruição de todos. Dispensando a relutante Matilda para que ela pudesse descansar, a qual implorou em vão para não deixar a mãe, e auxiliada somente pelo capelão, a princesa visitou a galeria e o grande quarto; e agora, com mais serenidade na alma do que havia sentido em muito tempo, ela encontrou seu senhor, e garantiu a ele que a visão da perna e do pé gigantes não passava de uma crendice, e sem dúvida era uma impressão causada pelo medo e pela hora escura e sinistra da noite, na mente de seus servos. Ela e o capelão examinaram a sala, e encontraram tudo na mesma ordem de costume.

Embora convencido, como sua esposa, de que a visão não fora obra de imaginação, Manfredo recuperou-se um pouco da tormenta mental em que tantos eventos estranhos o haviam lançado. Também envergonhado pela maneira desumana com que tratara uma princesa que retribuía cada ferida com novas manifestações de ternura e zelo, ele sentiu o retorno do amor a seus próprios olhos; mas não menos envergonhado por sentir remorso diante uma pessoa contra quem ele estava intimamente meditando em um ultraje ainda mais amargo, o príncipe reprimiu os anseios de seu coração, e não ousou sequer inclinar-se à piedade. O próximo movimento de sua alma foi no sentido da mais requintada vilania.

Presumindo a submissão inabalável de Hipólita, ele se ufanava de que ela não somente aceitaria com paciência um divórcio, mas que também obedeceria, se fosse de seu desejo, à ordem de persuadir Isabella a confiar-lhe a mão... Mas antes que ele pudesse saciar essa terrível vontade, cogitou que Isabella pudesse não ser encontrada. Voltando a si, Manfredo deu ordens para que todos os caminhos até o castelo fossem rigidamente vigiados e encarregou seus criados, sob a pena de pagarem com suas vidas, de não deixarem ninguém passar. Ao jovem camponês, a quem se dirigiu amigavelmente, o príncipe ordenou que ficasse em uma pequena sala nas escadas, na qual havia uma cama de pajem, e cuja chave Manfredo reteve consigo, avisando o rapaz que falaria com ele pela manhã. Então, depois de despachar seus servos, e concedendo a Hipólita uma reverência contida e taciturna, retirou-se para seus aposentos.

CAPÍTULO II

Matilda, que, por ordem de Hipólita, havia se retirado para seu aposento, não conseguia descansar. O destino chocante de seu irmão afetara-a profundamente. Ela se surpreendeu ao não ver Isabella; mas as estranhas palavras ditas pelo pai e a obscura ameaça que ele havia feito à esposa, a princesa, acompanhada pelo mais furioso comportamento, preencheram sua mente com terror e inquietação. Ela esperou ansiosamente pelo retorno de Bianca, uma jovem donzela que servia a ela, a quem enviara para ter informações sobre o paradeiro de Isabella. Bianca logo apareceu e informou sua senhora sobre o que ouviu dos súditos: que Isabella não havia sido encontrada. Ela relatou a aventura do jovem camponês que havia sido descoberto na cripta, ainda que com várias pequenas adições vindas do discurso incoerente dos criados; e ela se ateve principalmente nos gigantescos perna e pé que foram vistos na sala da galeria. Essa última circunstância havia assustado Bianca de tal forma que ela se alegrou quando Matilda afirmou que não iria descansar, mas que velaria Hipólita até que a princesa-mãe acordasse.

A jovem princesa exauriu-se em conjecturas a respeito da fuga de Isabella e das ameaças de Manfredo à mãe.

– Mas que assuntos tão urgentes ele teria a tratar com o capelão? – disse Matilda. – Será que ele pretende que o corpo de meu irmão seja enterrado secretamente na capela?

– Oh, senhora! – disse Bianca. – Já adivinhei. Já que a senhora é a herdeira do príncipe, ele está impaciente para casá-la: ele sempre foi desesperado por mais filhos; garanto que agora está impaciente para ter netos. Tão certo quanto minha vida, senhora, é o fato de que deverei vê-la como noiva, enfim. Minha boa senhora, não vá despachar sua leal Bianca; não vá colocar dona Rosara me vigiando agora que se tornará uma grande princesa.

– Minha pobre Bianca – respondeu Matilda –, como os teus pensamentos caminham rápido! Eu, uma grande princesa! O que viste no comportamento de Manfredo desde a morte de meu irmão que indique qualquer acréscimo de ternura por mim? Não, Bianca; o coração de meu pai sempre foi algo estranho para mim... Mas ele é meu pai, e não posso reclamar. Não; se o Céu fechou esse coração para mim, sou recompensada por meu pequeno mérito com a ternura de minha mãe. Oh, minha querida mãe! Sim, Bianca, é nela que sinto o áspero temperamento de Manfredo. Posso suportar com paciência sua dureza para comigo; mas minha alma é ferida quando sou testemunha de sua severidade infundada dirigida a ela.

– Ah! Senhora – disse Bianca. – Todos os homens tratam suas esposas assim quando estão cansados delas.

— Ainda assim, tu acabaste de me congratular – respondeu Matilda –, quando imaginaste que meu pai pretendia me casar!

— Gostaria de vê-la se tornar uma grande senhora – replicou Bianca –, não importa o que aconteça. Não quero vê-la aborrecida em um convento, o que aconteceria se a senhora tivesse seguido sua vontade, e se minha senhora, sua mãe, que sabe que um mau marido é melhor do que nenhum marido, não a tivesse impedido. Meu Deus! Que barulho é este? São Nicolau, protegei-me! Falei por mera brincadeira.

— É o vento – afirmou Matilda – assobiando pelas ameias da torre acima de nós: tu já ouviste esse som inúmeras vezes.

— Não – respondeu Bianca. – Também não houve maldade no que falei: não é pecado falar de matrimônio... então, senhora, como eu ia falando, se meu Senhor lhe oferecesse um jovem e belo príncipe como noivo, a senhora o dispensaria com uma reverência dizendo que prefere ir para o convento?

— Graças a Deus não corro esse risco! – disse Matilda. – Tu sabes quantas propostas para mim ele rejeitou...

— E a senhora agradece a ele como uma filha obediente, não? Mas vamos, madame, suponha que, amanhã cedo, ele a chame à grande sala do conselho, e que lá a senhora o encontre ao lado de um adorável príncipe, com grandes olhos negros, uma testa suave e branca sobre a qual caem cachos másculos; em suma, um jovem herói que se pareça com a pintura do bom Alfonso na galeria, diante da qual a senhora se senta para contemplar por horas a fio...

— Não fale levianamente daquela pintura – interrompeu Matilda com um suspiro. – Sei que a adoração com a qual olho para ela não é comum, mas não estou apaixonada por um quadro colorido. O caráter daquele príncipe virtuoso, a veneração de que minha mãe me imbuiu em relação à sua memória, as orações que, não sei por que, ela me intimou a derramar em sua tumba, tudo contribuiu para me convencer de que, de uma forma ou de outra, meu destino está relacionado a ele.

– Deus! Como pode ser? – perguntou Bianca. – Sempre ouvi falar que sua família não tinha parentesco com a dele; e certamente não posso entender por que minha senhora, a princesa-mãe, a envia em uma manhã fria ou em uma noite lúgubre para rezar diante de seu túmulo; ele não é um santo, de acordo com o almanaque. Se a senhora precisa orar, por que ela não a envia para nosso grande São Nicolau? Estou certa de que ele é o santo a se rezar por um marido.

– Talvez minha mente seria menos afetada – respondeu Matilda – se minha mãe explicasse suas razões para mim: mas é o mistério que ela mantém que me inspira com esse... não sei como chamar. Já que ela nunca age por capricho, tenho convicção de que existe um segredo fatal no âmago... ah, sei que existe; na agonia pela morte de meu irmão; ela deixou escapar algumas palavras que deram a entender isso.

– Ah! Querida senhora – gritou Bianca –, quais eram essas palavras?

– Não – disse Matilda –, se uma palavra escapa a um pai e ele não deseja que ela se perca, não cabe a um filho pronunciá-la.

– O quê! Ela se arrependeu do que falou? – perguntou Bianca. – Estou certa, senhora, de que pode confiar em mim...

– Eu a confio meus próprios segredos, quando os tenho – respondeu Matilda. – Mas nunca aqueles de minha mãe. Uma filha só deve ter olhos e ouvidos para o que seus pais desejam.

– Bem! Na verdade, a senhora nasceu para ser uma santa – disse Bianca –, e não é possível resistir à própria vocação: a senhora terminará em um convento. Mas ainda há a minha dama Isabella, que não será tão reservada comigo: ela permite que eu fale de rapazes; e quando um belo cavaleiro chegou ao castelo, ela confidenciou-me que desejava que seu irmão Conrado se parecesse com ele.

– Bianca – ralhou a princesa –, não permito que você mencione minha amiga desrespeitosamente. Isabella tem uma disposição alegre, mas sua alma é pura como a própria virtude. Ela conhece o seu jeito descompromissado e tagarela, e talvez até o tenha encorajado vez por outra, para se distrair da melancolia e aliviar a solidão em que meu pai nos detém...

– Santa Maria! – disse Bianca, recomeçando –, aí está de novo! Cara senhora, não ouve nada? Este castelo certamente é assombrado!

– Acalma-te! – disse Matilda. – E ouça! Acho, sim, que ouvi uma voz, mas deve ser a imaginação: suponho que teus terrores tenham me contaminado.

– É verdade! É verdade! Senhora – disse Bianca, quase chorando de angústia –, tenho certeza de que ouvi uma voz.

– Há alguém dormindo no quarto lá embaixo? – perguntou a princesa.

– Ninguém ousou ficar lá – respondeu Bianca – desde que o grande astrólogo, que foi o tutor de seu irmão, afogou-se. Com certeza, senhora, o fantasma dele e o do jovem príncipe estão agora no aposento abaixo... pelo amor de Deus, vamos correr para os aposentos de sua mãe!

– Ordeno-te que não te movas – disse Matilda. – Se eles são espíritos que sofrem, poderemos aliviar esta agonia ao questioná-los. Eles não podem nos machucar, já que não fizemos mal a eles; e, caso queiram fazê-lo, será que estaríamos mais seguras em um quarto do que em outro? Passe-me o meu terço; nós rezaremos e então falaremos com eles.

– Oh! Cara senhora, eu não falaria com uma aparição por nada neste mundo! – clamou Bianca.

Enquanto ela dizia essas palavras, ambas ouviram abrir-se o caixilho do pequeno aposento abaixo daquele de Matilda. Elas escutaram atentamente, e em poucos minutos acreditaram ouvir uma pessoa cantar, sem conseguir distinguir as palavras.

– Este não pode ser um espírito mau – disse a princesa com uma voz baixa. – É, sem dúvida, alguém da família. Abra a janela e poderemos reconhecer a voz.

– Não ouso, senhora – respondeu Bianca.

– És mesmo uma grande tola – devolveu Matilda, abrindo ela mesma a janela com cuidado. O ruído feito pela princesa foi, no entanto, ouvido pela pessoa abaixo, que parou de cantar; e ambas concluíram que ela havia ouvido o caixilho ser aberto.

– Há alguém embaixo? – perguntou a princesa. – Se houver, fale.

– Sim – respondeu uma voz desconhecida.

– Quem é? – indagou Matilda.

– Um estranho – replicou a voz.

– Que estranho? – disse ela. – E como chegaste aí em hora tão inusitada, quando todos os portões do castelo estão trancados?

– Não estou aqui por minha vontade – respondeu a voz. – Mas perdoe-me, senhora, se perturbei seu descanso; não sabia que havia alguém me escutando. O sono me abandonou; deixei meu leito inquieto e vim passar as horas entristecidas fitando a chegada da manhã, impaciente para ser dispensado deste castelo.

– Tuas palavras e tua entonação – disse Matilda – revelam melancolia; se estás infeliz, sinto piedade por ti. Se a pobreza te aflige, avisa-me; vou mencionar-te para a princesa, cuja alma beneficente sempre se comove com os aflitos, e ela há de aliviar-te.

— Estou mesmo infeliz — disse o estranho —, e nunca soube o que é riqueza. Mas não reclamo da sorte que o Céu reservou para mim; sou jovem e saudável, e não me envergonho de sustentar a mim mesmo; mas não pense que eu seja orgulhoso, ou que desdenhe de suas generosas ofertas. Vou lembrar-me de você em minhas orações, e vou rezar por bênçãos para sua graciosa pessoa e para sua nobre senhora; se suspiro, senhora, é por outros, não por mim.

— Agora entendi, senhora — disse Bianca, sussurrando para a princesa. — Este é certamente o jovem camponês; e, pelo que percebo, ele está apaixonado... Bem! Eis uma aventura encantadora! Vamos cutucá-lo, senhora. Ele não a conhece; pensa que é uma das damas de companhia da princesa Hipólita.

— Não te envergonhas, Bianca? — respondeu a princesa. — Que direito temos de bisbilhotar os segredos do coração desse jovem? Ele parece virtuoso e franco, e nos diz que está infeliz. Será que essas circunstâncias nos autorizam a agir como se ele fosse de nossa propriedade? Será que temos direito à sua confidência?

— Céus, senhora! Quão pouco conhece do amor! — respondeu Bianca. — Ora, os apaixonados não sentem prazer maior do que falar a respeito de suas amadas.

— E você me faria passar pela confidente de um camponês? — perguntou a princesa.

— Bem, então deixe-me falar com ele — disse Bianca. — Ainda que eu tenha o privilégio de ser a dama de honra de sua alteza, nem sempre fui tão grandiosa. Além disso, se o amor iguala os níveis, ele os eleva, também; tenho respeito por qualquer jovem apaixonado.

— Acalma-te, tola! — disse a princesa. — Ele ter afirmado que está infeliz não quer dizer que esteja apaixonado. Pense em tudo o que aconteceu hoje e me diga se existem infortúnios além daqueles causados pelo amor. – Estranho – continuou a princesa –, se tua desgraça não foi causada por ti, e se repará-la estiver ao alcance do poder da princesa Hipólita, dou minha palavra de que ela será tua protetora. Quando fores dispensado deste castelo, recorre ao santo padre Jerônimo, no convento contíguo à igreja de São Nicolau, e conta tua história a ele, o mais exato que puderes. Ele não falhará em informar a princesa, que é a mãe de todos os que precisam de seu auxílio. Adeus; não é apropriado que eu continue a conversar com um homem nesta hora incomum.

– Que os santos a protejam, graciosa senhora! – respondeu o camponês. – Mas, ah! Se um pobre e inválido estranho puder presumir implorar por mais um minuto de sua audiência; terei essa felicidade? O caixilho não está fechado; posso aproveitar para perguntar...

– Fala rapidamente – disse Matilda. – A aurora chega ligeira: se os trabalhadores que vão para os campos nos perceberem... O que irias perguntar?

– Não sei como, não sei se devo – disse o jovem estranho, vacilando. – Mas a humanidade com a qual fui tratado me encoraja. Senhora! Posso confiar em você?

– Céus! – disse Matilda. – O que queres dizer? Com o que pretendes confiar em mim? Fale abertamente, se teu segredo pode ser confiado a um coração virtuoso.

– Eu perguntaria – prosseguiu o camponês, recompondo-se – se o que ouvi dos criados é verdade: que a princesa desapareceu do castelo.

– O que importa para ti saber? – respondeu Matilda. – Tuas primeiras palavras indicaram uma prudente gravidade. Agora vens aqui para bisbilhotar os segredos de Manfredo? *Adieu*. Enganei-me em relação a ti. – Após dizer essas palavras, ela fechou a janela apressadamente, sem dar ao jovem tempo para responder.

— Eu teria agido mais sabiamente – disse a princesa para Bianca, com alguma agudez – se tivesse permitido que tu conversasses com esse camponês; a curiosidade dele se parece com a tua.

— Não é apropriado para mim discutir com sua alteza – respondeu Bianca. – Mas talvez as perguntas que eu faria a ele teriam sido mais proveitosas do que aquelas feitas pela senhora.

— Oh! Sem dúvida – disse Matilda. – Tu és uma pessoa muito discreta! Posso saber o que terias perguntado a ele? – Um espectador geralmente vê mais o jogo do que aqueles que o jogam – respondeu Bianca. – Será que sua alteza pensa, senhora, que essa pergunta sobre a minha dama Isabella foi resultado de mera curiosidade? Não, não, senhora, há mais coisas aí do que suas nobrezas imaginam. Lopez me disse que todos os servos acreditam que esse jovem rapaz planejou a fuga de minha senhora Isabella; agora, por favor, senhora, observe que tanto a senhora quanto eu sabemos que minha senhora Isabella nunca teve muito apreço pelo príncipe, seu irmão. Bem! Ele é morto justamente em um instante crítico; não acuso ninguém. Um elmo cai da lua; assim o meu senhor, seu pai, diz; mas Lopez e todos os criados afirmam que este rapagote é um mago, e que roubou o capacete do túmulo de Alfonso...

— Acaba logo com esta rapsódia de impertinências – disse Matilda.

— Sim, senhora, como quiser – lamentou Bianca. – Mesmo assim, é bastante curioso que minha senhora Isabella tenha desaparecido exatamente no mesmo dia, e que esse jovem feiticeiro seja encontrado na entrada do alçapão. Não acuso ninguém; mas se meu jovem senhor morreu honestamente...

— Não ousa, em sã consciência – disse Matilda –, sussurrar uma suspeita sequer sobre a pureza da fama de minha querida Isabella.

— Pura ou impura – continuou Bianca –, desaparecida ela está... Um estranho que ninguém conhece é encontrado; você mesma o interroga, ele diz que está apaixonado, ou infeliz, o que é a mesma coisa... Não, ele confessou que estava infeliz por causa de outras pessoas; e quando é que alguém se sente infeliz por um outro senão quando está apaixonado? E a seguir ele pergunta, inocentemente (pobre alma!), se minha senhora Isabella está desaparecida.

— Na verdade – disse Matilda –, tuas observações não são de todo infundadas. A fuga de Isabella me espanta. A curiosidade do estranho é muito particular; no entanto, Isabella jamais escondeu de mim um pensamento.

— Assim ela lhe disse – afirmou Bianca – para descobrir os seus segredos; mas quem sabe, senhora, se esse estranho não poderá ser um príncipe disfarçado? Permita-me abrir a janela e fazer algumas perguntas a ele.

— Não – respondeu Matilda. – Eu mesma perguntarei se ele sabe algo de Isabella; ele não é digno de que a conversa vá mais longe do que isso.

Ela ia abrir a janela quando ambas ouviram o sino tocar no portão lateral do castelo, que fica na ala direita da torre, onde Matilda se recolhia. Isso evitou que a princesa retomasse a conversa com o estranho.

Após permanecer em silêncio por algum tempo, ela disse a Bianca:

— Estou convencida de que seja qual for a causa da fuga de Isabella, não se trata de um motivo indigno. Se o estranho a ajudou na empreitada, ela deve estar satisfeita com sua lealdade e seu valor. Percebi que as palavras dele eram tingidas com uma tonalidade incomum de piedade; você não, Bianca? Não era o discurso de um rufião; suas frases indicavam um homem bem-nascido.

— Eu disse, senhora — afirmou Bianca —, que estava certa de que ele era um príncipe disfarçado.

— Mas — falou Matilda — se o rapaz foi cúmplice da fuga de Isabella, como tu explicas que ele não a tenha acompanhado? Por que se expor desnecessária e imprudentemente ao ressentimento de meu pai?

— Quanto a isso, senhora — respondeu a criada —, se ele conseguiu escapar de dentro do elmo, vai encontrar formas de se esquivar da raiva do seu pai. Não duvido de que ele tenha um talismã ou algo parecido.

— Tu solucionas tudo com magia — disparou Matilda —, mas um homem que tenha qualquer relação com espíritos infernais não ousa proferir as palavras tremendas e santas que ele pronunciou. Não percebeste o fervor com o qual ele prometeu me encomendar aos céus em suas preces? Sim; Isabella estava sem dúvida convencida de sua piedade.

— Recomendar-me à piedade de um jovem rapaz e de uma donzela que ajudou a escapar! — disse Bianca. — Não, não, senhora, minha princesa Isabella é de uma cepa diferente daquela que a senhora imagina. Sim, ela costumava suspirar e erguer os olhos ao céu em sua companhia, porque ela sabe que a senhora é uma santa; mas, quando estava de costas...

— Tu te enganas sobre ela — devolveu Matilda. — Isabella não é nenhuma hipócrita; ela tem um senso adequado de devoção, mas nunca demonstrou uma vocação que não sentisse. Pelo contrário, ela sempre combateu minha inclinação para o claustro; ainda que eu confesse que o mistério a respeito de sua fuga me confunda, uma vez que ele parece inconsistente com a amizade entre nós, não posso me esquecer do ardor desinteressado com o qual ela sempre se opôs à minha vontade de tomar o véu. Ela queria me ver casada, mesmo que meu dote representasse uma perda para os filhos dela e de meu irmão. Pelo bem dela, pensarei bem desse jovem camponês.

– Então a senhora pensa, sim, que há algum elo entre eles – disse Bianca.

Enquanto ela falava, um criado entrou rapidamente no aposento e comunicou a princesa de que a senhora Isabella havia sido encontrada.

– Onde? – perguntou Matilda.

– Ela tomou abrigo na igreja de São Nicolau – respondeu o servo. – O próprio padre Jerônimo trouxe a notícia; ele está lá embaixo com o príncipe.

– Onde está minha mãe?

– Em seus próprios aposentos, senhora, e pediu sua presença.

Manfredo havia se levantado com o raiar da aurora e ido ao aposento de Hipólita perguntar se ela sabia algo de Isabella. Enquanto a questionava, recebeu a mensagem de que Jerônimo pedia para falar com ele. O príncipe, sem suspeitar o motivo da visita do padre, e sabendo que ele fora encarregado por Hipólita dos serviços de caridade, ordenou sua admissão, pretendendo deixar ambos no quarto da esposa para continuar a busca por Isabella.

– O assunto que você tem a tratar é comigo ou com a princesa? – perguntou Manfredo.

– Com ambos – respondeu o santo homem. – A princesa Isabella...

– O que tem ela? – interrompeu Manfredo ansiosamente.

– Está no altar de São Nicolau – replicou o padre.

– Isso não é de interesse de Hipólita – disse Manfredo, confuso. – Vamos para o meu aposento, padre, e me informe sobre como ela chegou lá.

— Não, meu senhor — replicou o bom homem, com um tal ar de firmeza e autoridade, que intimidou até mesmo o resoluto príncipe, que não podia deixar de reverenciar as santas virtudes de Jerônimo. — Meu compromisso é com ambos e, com a boa vontade de sua alteza, na presença dos dois hei de abordá-lo; mas primeiramente, meu senhor, preciso perguntar à princesa se ela conhece as razões que levaram Isabella a fugir de seu castelo.

— Não, juro pela minha alma — falou Hipólita. — Será que Isabella me acusa de saber?

— Padre — interrompeu Manfredo —, presto justa reverência à sua santa profissão; mas eu sou o soberano aqui, e não vou permitir que um presbítero intrometido interfira em meus assuntos domésticos. Se você tem algo a dizer, acompanhe-me ao meu aposento; não costumo permitir que minha esposa tome conhecimento dos assuntos secretos do meu estado; eles não pertencem à jurisdição de uma mulher.

— Meu senhor — respondeu o santo homem —, não sou um intruso nos segredos de famílias. Meu ofício é promover a paz, curar as chagas, pregar o arrependimento e ensinar a humanidade a frear suas paixões obstinadas. Perdoo as palavras pouco caridosas de sua alteza; conheço meu dever, e sou o ministro de um príncipe mais poderoso do que Manfredo. Escute com atenção àquele que fala por minha boca.

Manfredo tremeu com raiva e vergonha. O semblante de Hipólita revelou seu espanto e sua impaciência para saber onde isso terminaria. Seu silêncio foi eloquente sobre seu respeito por Manfredo.

— A senhora Isabella — prosseguiu Jerônimo — cumprimenta a ambas as suas altezas; ela lhes agradece pela gentileza com que foi tratada em seu castelo; ela deplora a perda de seu filho e seu próprio infortúnio ao não se tornar a filha de tão sábios e nobres príncipes, que ela sempre respeitará como pais; e reza para que a união e a felicidade de ambos sejam ininterruptas.

Neste momento, a cor de Manfredo alterou-se. O padre continuou:

— Mas, já que não é mais possível permanecer em sua companhia, Isabella suplica por seu consentimento para continuar no santuário até que receba notícias do pai, ou, diante da certeza de sua morte, para que se considere livre, com a aprovação de seus protetores, para dispor-se a um casamento adequado.

— Não hei de dar tal consentimento — afirmou o príncipe —, e insisto que ela retorne para o castelo sem demora: posso responder por ela aos seus protetores, e não permitirei que esteja em quaisquer mãos que não as minhas.

— Sua alteza há de ponderar se, na situação atual, isso pode ser considerado adequado — respondeu o frade.

— Não quero conselhos — atalhou Manfredo, enrubescendo. — A conduta de Isabella dá margem a estranhas suspeitas... e aquele jovem vilão, que foi ao menos cúmplice de sua fuga, se não a causa...

— A causa! — interrompeu Jerônimo. — A causa foi um *jovem*?

— Isto é intolerável! — gritou Manfredo. — Estou sendo advertido em meu próprio palácio por um monge insolente? És cúmplice, acredito, do amor de ambos.

— Eu rezaria aos Céus para que eliminassem suas cruéis suspeitas — disse Jerônimo —, se sua alteza já não estivesse consciente do quanto essas acusações são injustas. Mas rezarei a Deus para que perdoe esta impertinência; e imploro a sua alteza para que deixe a princesa em paz naquele santo local, onde ela não será perturbada por essas fantasias vãs e mundanas que são trazidas pelas palavras de amor de qualquer homem.

— Não suplique a mim – falou Manfredo –, volte lá e traga a princesa para cumprir seu dever.

— É meu dever impedi-la de retornar para cá – respondeu Jerônimo. – Ela está onde órfãos e virgens encontram-se mais protegidos das armadilhas e dos ardis deste mundo; e nada, exceto a autoridade de um pai, há de tirá-la de lá.

— Sou o pai dela – gritou Manfredo –, e a exijo.

— Ela desejava tê-lo como pai – respondeu o frade –, mas o Céu que proibiu essa conexão também dissolveu para sempre todos os laços entre os senhores: e anuncio a sua Alteza que...

— Pare! Homem audacioso! – disse Manfredo. – E tema meu desagrado.

— Santo padre – interveio Hipólita –, é seu ofício não temer as pessoas: você deve falar de acordo com as prescrições de seu dever. Mas é o *meu* dever não ouvir nada que não agrade a meu senhor que eu ouça. Espere pelo príncipe em seu aposento. Vou me retirar para o meu oratório, e pedirei à Virgem para que lhe inspire com seus conselhos, e para que devolva ao coração de meu benevolente senhor a paz e a gentileza habituais.

— Excelente mulher! – disse o frade. – Meu senhor, estou a seu dispor.

Acompanhado pelo religioso, Manfredo foi a seu próprio aposento, onde, depois de fechar a porta, disse:

— Percebo, padre, que Isabella comunicou-lhe meu propósito. Agora ouça minha resolução e obedeça. Razões de estado, as mais urgentes, das quais dependem minha segurança e a de meu povo, exigem que eu tenha um filho. É inútil esperar um herdeiro de Hipólita. Eu escolhi Isabella. Você deve trazê-la de volta; e deve fazer ainda mais. Sei de sua influência sobre Hipólita: a consciência dela está em suas mãos. Ela é, admito, uma mulher impecável: sua alma dirige-se para o Céu, e despreza a pequena grandeza deste mundo, do qual você pode apartá-la por completo. Convença-a a aceitar a dissolução de nosso casamento, e a se retirar para um monastério; ela pode distribuir seu dote, se quiser; e ela terá os meios para ser tão pródiga para com a sua ordem quanto ela ou você desejarem. Assim, você dispersará as calamidades que pendem sobre nossas cabeças, e terá o mérito de evitar a destruição do Principado de Otranto. Você é um homem prudente, e apesar de o calor do meu temperamento me levar a proferir expressões impróprias, eu honro sua virtude, e desejo assumir uma dívida com você pelo repouso de minha vida e pela preservação de minha família.

— A vontade de Deus será feita! — respondeu o padre. — Sou somente um instrumento sem importância. Os céus usam minha língua para alertar ao senhor, príncipe, de teus desígnios injustificáveis. Tuas injúrias à virtuosa Hipólita chegaram até o trono da piedade. Por mim, tu és repreendido pela intenção adúltera de repudiá-la: por mim, tu és alertado a não perseguir teu desejo incestuoso com tua nova filha. O Céu, que a liberou de tua fúria quando a sentença recentemente caída sobre tua casa deveria ter te inspirado com outros pensamentos, continuará a vigiá-la. Mesmo eu, um pobre e desprezível frade, sou capaz de protegê-la de tua violência; eu, pecador como sou, e injustamente aviltado pelo senhor como cúmplice de não sei quais amores, desdenho os encantos com os quais tu achaste por bem tentar a minha honestidade. Amo a minha ordem; honro as almas devotas; respeito a piedade de tua princesa... mas não trairei a confiança que ela deposita em mim, nem servirei à causa da religião com alianças pecaminosas e impuras. Mas em verdade! O equilíbrio do estado depende de o senhor ter um filho! Deus caçoa dos homens de curta visão. No entanto, até ontem, qual casa era tão grande, tão próspera quanto a de Manfredo? Onde está o jovem Conrado agora? Meu senhor, respeito tuas lágrimas, mas não pretendo represá-las. Deixa-as correr, príncipe! Para o Céu, elas terão mais valor em relação à causa de teus assuntos do que um casamento que, fundamentado na luxúria ou na política, nunca poderia prosperar. O cetro que passou da raça de Alfonso à tua não pode ser preservado por uma união que a igreja nunca permitirá. Se for da vontade do Altíssimo que o nome de Manfredo deva perecer, resigna-te, meu senhor, aos Seus desígnios; e assim mereça uma coroa que nunca poderá ser passada. Vamos, meu senhor, agrada-me esta tristeza... retornemos à princesa: ela não sabe de teus cruéis intentos; nem eu quis mais do que alarmar-te. Tu viste com que gentil paciência, com que esforços amorosos ela ouviu, ela rejeitou ouvir, a extensão da tua culpa. Sei que ela anseia por amparar-te em seus braços, e te asseguro de sua afeição inabalável.

– Padre – disse o príncipe –, você confunde o meu remorso: sim, eu honro as virtudes de Hipólita; creio que seja uma santa; e desejaria, fosse pela saúde de minha alma, estreitar o laço que nos une... Mas ai de mim! Padre, você não tem ideia da mais amarga das minhas dores! Já faz certo tempo que tenho tido escrúpulos em relação à legalidade de nossa união: Hipólita é minha parente de quarto grau; é verdade, tivemos uma dispensa. Mas fui informado de que ela também tinha sido prometida a outro. É isso que pesa em meu coração: a esse estado ilegal de matrimônio eu imputo o infortúnio que se abateu sobre mim com a morte de Conrado... Alivie a minha consciência desse fardo: dissolva nosso casamento, e cumpra o trabalho de piedade que suas exortações divinas deflagraram em minha alma.

Que aguda foi a angústia sentida pelo bom homem ao perceber a reviravolta do astuto príncipe! Ele temia por Hipólita, cuja ruína parecia determinada; e receava que, se Manfredo perdesse as esperanças de recuperar Isabella, sua impaciência por um filho o dirigisse a outro alvo, que poderia não ser tão imune contra a tentação oferecida por alguém em posto tão elevado. Por algum tempo, o santo homem permaneceu absorto em pensamentos. Enfim, considerando que a demora poderia gerar alguma esperança, concluiu que a conduta mais sábia seria evitar que o príncipe se desesperasse para recuperar Isabella. O padre sabia que poderia contar com ela para sustentar seus pontos de vista, dada a afeição da fugitiva por Hipólita, e dada a aversão que ela comunicara a Jerônimo a respeito dos pedidos de Manfredo, até que as censuras da Igreja pudessem ser executadas contra um divórcio. Com essa intenção, e como se tivesse sido abalado pelos escrúpulos do príncipe, ele enfim disse:

— Meu senhor, tenho ponderado o que sua alteza disse; e se, realmente, é a delicadeza de consciência o real motivo de sua repugnância por sua virtuosa senhora, longe de mim tentar endurecer ainda mais o seu coração. A Igreja é uma mãe indulgente. Apresente suas dores para ela: somente ela pode administrar algum conforto à sua alma, seja satisfazendo sua consciência, seja pelo exame de seus escrúpulos, deixando-lhe em liberdade e cumprindo sua vontade de continuar sua linhagem por meios justos. Neste caso, se a senhora Isabella puder ser convencida...

Manfredo, ao concluir que ou ele havia tocado o âmago do bom homem, ou que seu ardor inicial foi apenas um tributo pago às aparências, ficou radiante com essa súbita mudança, e repetiu as promessas mais magníficas caso o padre o ajudasse a ter sucesso. O bem-intencionado eclesiástico fez de tudo para não decepcionar o príncipe, tão determinado estava a atravessar suas intenções, em vez de dar apoio a elas.

— Já que agora nos entendemos — prosseguiu o príncipe —, espero, padre, que você me esclareça um ponto. Quem é o jovem que encontrei na cripta? Ele devia estar a par da fuga de Isabella: diga-me a verdade, é seu amante? Ou é agente da paixão de outro? Várias vezes suspeitei da indiferença que Isabella sentia por meu filho: mil circunstâncias preenchem minha mente para confirmar essa suspeita. Ela mesma estava tão consciente disso que, enquanto eu lhe falava na galeria, ela se antecedeu à minha desconfiança e começou a justificar sua frieza em relação a Conrado.

O frade, que nada sabia do rapaz além daquilo que a princesa ocasionalmente lhe dissera, ignorando o que havia sido feito dele e sem refletir suficientemente sobre a impetuosidade do temperamento de Manfredo, imaginou que não seria errado lançar algumas sementes de ciúme na mente do príncipe. Elas poderiam ser úteis mais adiante, fosse lançando Manfredo contra Isabella, caso ele persistisse naquela união, fosse distraindo sua atenção para o alvo errado, assim enredando seus pensamentos em uma intriga imaginária para evitar que ele empreendesse uma nova perseguição. Com essa infeliz política, ele respondeu de forma a confirmar a crença de Manfredo a respeito de uma conexão entre Isabella e o jovem. O príncipe, cujas paixões precisavam de pouco combustível para serem incendiadas, enfureceu-se diante daquilo que o frade sugeriu.

— Vou penetrar até o fundo dessa intriga — gritou; e, deixando Jerônimo abruptamente, com uma ordem para que o padre permanecesse lá até que voltasses, Manfredo apressou-se para o grande salão do castelo, e mandou que o camponês fosse trazido à sua presença.

— Grande impostor! – disse o príncipe assim que o viu. – O que é feito de tua vangloriada sinceridade agora? Foi a Providência, não? E a luz da lua, que descobriram a fechadura do alçapão para ti? Diz-me, garoto audacioso, quem és tu, e há quanto tempo conheces a princesa? E toma cuidado para responder com menos ambiguidade do que fizeste na última noite, ou torturas espremerão a verdade de ti.

O rapaz, percebendo que sua participação na fuga de Isabella fora descoberta e concluindo que qualquer coisa que ele dissesse não poderia mais auxiliá-la ou prejudicá-la, respondeu:

— Não sou nenhum impostor, meu senhor, nem mereço tal linguagem injuriosa. Respondi a cada pergunta que sua Alteza me fez ontem à noite com a mesma veracidade com que hei de falar agora: e isso não acontecerá por medo de suas torturas, mas porque a minha alma abomina a falsidade. Por favor, repita suas questões, meu senhor; estou pronto para dar todo o esclarecimento que estiver em meu poder.

— Tu conheces minhas perguntas – respondeu o príncipe –, e só queres tempo para preparar uma evasão delas. Fala diretamente; quem és tu? E há quanto tempo és conhecido pela princesa?

— Trabalho no vilarejo vizinho – disse o camponês. – Meu nome é Teodoro. A princesa encontrou-me na cripta ontem à noite; antes daquele momento, jamais estive em sua presença.

— Posso acreditar nisso o quanto eu quiser – falou Manfredo –, mas ouvirei tua história antes de examinar a verdade dela. Diz-me, que razões a princesa deu a ti para justificar sua fuga? Tua vida depende de tua resposta.

— Isabella me disse – replicou Teodoro – que estava à beira da destruição e que, se não pudesse escapar do castelo, ela corria o risco de, em poucos momentos, tornar-se infeliz para sempre.

— E com essa fundamentação fraca, com o relato de uma garota tola – falou Manfredo –, tu arriscaste o meu descontentamento?

— Não temo o desagrado de homem algum – disse Teodoro – quando uma mulher aflita se coloca sob minha proteção.

Durante essa investigação, Matilda estava a caminho do apartamento de Hipólita. Na parte mais alta do grande salão onde Manfredo estava havia uma galeria com janelas treliçadas pelas quais Matilda e Bianca deveriam passar. Ao ouvir a voz de seu pai e ao ver os servos reunidos em torno dele, a princesa-filha se deteve para entender melhor o que estava acontecendo. O prisioneiro logo chamou sua atenção: a maneira firme e serena com que ele respondia e a bravura de sua última réplica, que consistiu nas primeiras palavras que ela ouviu distintamente, fizeram com que ela se interessasse por ele. A figura do rapaz era nobre, bela e imponente, mesmo naquela situação. Mas o semblante dele logo atraiu completamente a sua atenção.

— Céus! Bianca – disse a princesa suavemente –, será que sonho? Ou não terá aquele jovem a exata feição do retrato de Alfonso na galeria?

Ela não conseguiu dizer mais nada, já que a voz de seu pai foi se tornando mais e mais alta a cada palavra.

— Esta bravata – disse ele – supera todas as tuas insolências anteriores. Tu hás de experimentar a ira com que ousas brincar. Peguem-no – continuou Manfredo – e amarrem-no! A primeira notícia que a princesa terá de seu campeão é a de que ele perdeu a cabeça por sua causa.

— A injustiça com a qual te condenas perante a mim – falou Teodoro – convence-me de que fiz bem ao livrar a princesa de tua tirania. Que ela seja feliz, aconteça o que acontecer comigo!

— Este é um apaixonado! – gritou Manfredo em um acesso de fúria. – Um camponês diante da morte nunca seria animado por tais sentimentos. Diz, diz, garoto precipitado, quem és, ou as lanças hão de extrair teus segredos de ti.

— Já me ameaçaste com a morte – disse o rapaz – pela verdade que contei a ti: se este é todo o incentivo que devo esperar por minha sinceridade, não estou inclinado a ceder mais à tua vã curiosidade.

— Então não vais falar? – perguntou Manfredo.

— Não falarei – respondeu ele.

— Levem-no para o pátio – ordenou o príncipe. – Quero que sua cabeça seja cortada de seu corpo agora mesmo.

Ao ouvir essas palavras, Matilda desmaiou. Bianca gritou:

— Socorro! Socorro! A princesa está morta!

Manfredo ficou surpreso com isso e perguntou qual era o problema. O jovem camponês, que também havia ouvido os gritos, fora tocado pelo horror e fez a mesma pergunta com ansiedade; mas o príncipe ordenou que ele fosse conduzido para o pátio imediatamente, e mantido lá para a execução, até que se informasse sobre a causa dos clamores de Bianca. Quando soube o porquê, tratou a situação como mero pânico feminino. Determinando que Matilda fosse levada a seu aposento, ele correu para o pátio e, após chamar um de seus guardas, obrigou Teodoro a se ajoelhar e se preparar para receber o golpe fatal.

O destemido jovem recebeu essa amarga sentença com uma resignação que comoveu todos os corações, menos o de Manfredo. O camponês queria ardentemente conhecer o significado das palavras que ouvira a respeito da princesa; mas, temendo que o tirano se exasperasse ainda mais com ela, desistiu. Sua única súplica foi para que recebesse a visita de um confessor, de modo a apaziguar-se com os céus. Manfredo, que esperava conhecer a história do rapaz por meio do confessor, prontamente concedeu esse desejo; e, convencido de que o padre Jerônimo agora estava a seu favor, ordenou que ele fosse chamado para ouvir a confissão do prisioneiro.

O santo homem, que não previra a catástrofe causada por sua imprudência, caiu de joelhos diante do príncipe e suplicou, do modo mais solene, para que ele não derramasse sangue inocente. Jerônimo acusou-se com os mais amargos termos por sua própria indiscrição, esforçou-se para tirar a culpa do jovem e tentou de tudo para atenuar a fúria do tirano. Manfredo, mais inflamado do que apaziguado pela intercessão do padre, cuja retratação agora fez com que suspeitasse de que fora enganado por ambos, ordenou que Jerônimo fizesse seu trabalho, dizendo que não permitiria ao prisioneiro muitos minutos para uma confissão.

— Nem estou pedindo muitos, meu senhor — disse o triste rapaz. — Meus pecados, graças a Deus, não foram numerosos; nem excedem o que pode se esperar de minha idade. Seque suas lágrimas, bom padre, e vamos adiante. Este é um mundo mau; não tenho motivos para deixá-lo com remorso.

— Oh, jovem desgraçado! — disse Jerônimo. — Como podes suportar ver-me com paciência? Sou um assassino! Fui eu quem trouxe esta triste hora para ti!

— Eu te perdoo com minha alma — falou o jovem —, assim como espero que o Céu vá me perdoar. Ouve minha confissão, padre, e me dá tua bênção.

— Como posso te preparar justamente para tua passagem? — perguntou Jerônimo. — Tu não podes ser salvo sem perdoar teus inimigos, e és capaz de perdoar aquele homem ímpio?

— Sim — disse Teodoro —, perdoo.

— E isso não te comove, príncipe cruel? — indagou o frade.

— Eu ordenei que ouvisses a confissão dele – devolveu Manfredo, severamente –, não para que intercedesses por ele. Antes, tu me inflamaste contra o rapaz; que o sangue dele caia sobre tua cabeça!

— Sim! Sim! – disse o bom homem, em agonia. – Tu e eu jamais podemos esperar partir para onde este jovem abençoado vai!

— Vamos! – impôs Manfredo. – Não darei mais ouvido a lamúrias de padres nem a clamores de mulheres.

— O quê? – espantou-se o rapaz. – Será possível que meu destino tenha causado o que ouvi? Estará a princesa novamente em teu poder?

— Assim só fazes lembrar-me de minha ira – falou Manfredo. – Prepara-te, pois este momento é o teu último.

O jovem, que sentiu sua indignação crescer e que ficou comovido com a tristeza que havia impingido em todos os espectadores, bem como no padre, reprimiu suas emoções e, tirando o gibão e desabotoando o colarinho, ajoelhou-se para rezar. Ao encurvar-se, sua camisa escorregou para baixo de seus ombros, o que revelou a marca de uma seta avermelhada.

— Pelos Céus! – gritou o santo homem, atônito. – O que vejo? É meu filho! Meu Teodoro!

As demonstrações de emoção que se seguiram podem ser imaginadas, mas não explicadas. As lágrimas dos presentes foram retidas pelo espanto, mais do que pela alegria. As pessoas pareciam procurar, nos olhos de seu senhor, o que elas próprias deveriam sentir. Surpresa, dúvida, ternura e respeito sucederam-se no semblante do jovem. Ele recebeu com modesta submissão a efusão das lágrimas e dos abraços do velho homem. No entanto, temendo ter esperanças, e suspeitando, a partir do que acontecera antes, da inflexibilidade do temperamento de Manfredo, Teodoro lançou um olhar para o príncipe, como se perguntasse se ele ficaria indiferente a uma cena como aquela.

O coração de Manfredo era capaz de se comover. Espantado, ele se esqueceu de sua ira; mas o orgulho o impediu de se mostrar afetado. O príncipe chegou a duvidar se a descoberta não era um artifício do padre para salvar o jovem.

– O que isso pode significar? – perguntou ele. – Como ele pode ser teu filho? É consistente, com a tua profissão ou com a tua reputada santidade, reconhecer em um camponês o fruto de seus amores irregulares?

– Oh, Deus! – disse o santo homem. – Tu duvidas de que ele seja meu filho? Eu seria capaz de sentir esta angústia caso não fosse seu pai? Poupa-o! Bom príncipe! Poupa-o! E pune-me como quiseres!

– Poupe-o! Poupe-o! – gritaram os presentes. – Pelo bem deste bom homem!

– Acalmem-se! – respondeu Manfredo com severidade. – Preciso saber mais antes de me dispor a perdoar. O filho bastardo de um santo pode não ser ele mesmo um santo.

– Príncipe injurioso! – disse Teodoro. – Não acrescenta insultos à tua crueldade. Se sou filho deste venerável homem, apesar de não ser um príncipe, como o és tu, saiba que o sangue que corre em minhas veias...

– Sim – disse o frade, interrompendo-o –, seu sangue é nobre; nem é ele essa coisa abjeta, meu príncipe, a que o senhor se refere. Ele é meu filho legítimo, e na Sicília há poucas casas mais antigas do que a de Falconara. Mas ai de mim! Meu senhor, o que é o sangue? O que é a nobreza? Somos todos répteis, criaturas miseráveis e pecadoras. Só a piedade pode nos distinguir do pó do qual viemos e ao qual retornaremos.

– Chega de sermões – disse Manfredo. – Você se esquece de que não é mais o frade Jerônimo, mas o conde de Falconara. Conte-me sua história; você terá tempo para pregar sua moral mais adiante, caso não aconteça de obter o perdão para aquele criminoso tenaz ali.

– Mãe de Deus – disse o frade –, será possível que meu senhor recuse a um pai a vida de seu único filho, perdido há tanto tempo? Esmague-me, meu senhor, despreze-me, aflija-me, aceite minha vida pela dele, mas poupe meu filho!

– És capaz de sentir, então – disse Manfredo –, o que significa perder seu único filho! Há pouco tempo tu pregaste a resignação para mim: minha casa, se assim quisesse o destino, deveria perecer. Mas o conde de Falconara...

– Ah! Meu senhor – respondeu Jerônimo –, confesso que ofendi; mas não piore os sofrimentos de um velho! Não ostento minha família, nem penso nestas vaidades... é a natureza que intercede por esse rapaz; é a memória da querida mulher que o trouxe à luz. Ela... ela morreu, Teodoro?

– Sua alma está entre os eleitos há tempos – respondeu o rapaz.

– Oh! Como? – gritou Jerônimo. – Diz-me... não... ela está feliz! És tudo o que tenho agora! Mais temível Senhor! Poderás... Poderás me conceder a vida de meu pobre garoto?

– Volta para teu convento – respondeu Manfredo. – Traga a princesa para cá; obedece-me em tudo o que combinamos; e prometo a ti a vida de teu filho.

– Oh! Meu senhor – disse Jerônimo –, então é a minha honestidade o preço que devo pagar pela segurança desse querido jovem?

– Por mim! – gritou Teodoro. – Deixa-me morrer mil mortes em vez de manchar tua consciência. O que quer o tirano do senhor, exatamente? A princesa ainda está a salvo de seu poder? Protege-a, venerável ancião; e deixa todo o peso da fúria do príncipe tombar sobre mim.

Jerônimo tentou conter a impetuosidade do rapaz; mas, antes que Manfredo pudesse responder, ouviu-se o galopar de cavalos, e subitamente soou uma trombeta de bronze do lado de fora dos portões do castelo. No mesmo instante, as plumas do elmo encantado, que continuava do outro lado do pátio, agitaram-se tempestuosamente e dobraram-se três vezes, como se uma uma figura invisível que portasse o capacete fizesse uma reverência.

CAPÍTULO III

O coração de Manfredo encheu-se de receios quando ele contemplou a plumagem do elmo encantado movendo-se em conjunto com o som da trombeta de bronze.

– Padre! – disse ele a Jerônimo, a quem havia parado de tratar como conde de Falconara. – O que significam esses portentos? Se ofendi...

As plumas agitaram-se com ainda mais violência do que antes.

– Príncipe infeliz que sou! – gritou Manfredo. – Santo padre! O senhor não irá me ajudar com suas orações?

– Meu senhor – respondeu o frade –, o Céu, sem dúvida, está descontente com seu escárnio diante dos servos de Deus. Submeta-se à igreja e deixe de perseguir seus ministros. Solte esse jovem inocente e aprenda a respeitar o santo hábito que estou portando. Com o Céu não se brinca: está vendo...

A trombeta soou novamente.

— Admito que tenho sido muito precipitado — afirmou Manfredo. — Padre, vá até o postigo e pergunte quem está no portão.

— O senhor me garante a vida de Teodoro? — devolveu Jerônimo.

— Garanto — disse o príncipe. — Mas pergunte quem está lá fora!

O padre, agarrando-se ao pescoço do filho, despejou uma torrente de lágrimas, revelando a plenitude de sua alma.

— Você me prometeu que iria até o portão — interrompeu Manfredo.

— Pensei — respondeu Jerônimo — que sua alteza me perdoaria se, antes, eu lhe agradecesse, em um tributo do meu coração.

— Vá, querido senhor — falou Teodoro. — Obedeça ao príncipe. Eu não mereço que o senhor adie a satisfação dele por minha causa.

Jerônimo, perguntando quem estava lá fora, ouviu em resposta:

— Um arauto.

— De quem? — perguntou Jerônimo.

— Do Cavaleiro da Espada Gigante — disse o arauto —, e devo falar com o usurpador de Otranto.

O padre retornou ao príncipe e transmitiu-lhe a mensagem com as mesmas palavras que havia ouvido. Os primeiros sons abateram Manfredo com terror; mas, quando escutou chamarem-no de usurpador, seu ódio foi reaceso, e toda a sua coragem reviveu.

— Usurpador! Vilão insolente! — gritou. — Quem ousa questionar meu título? Retire-se, padre; este não é um assunto para monges: vou encontrar eu mesmo esse homem presunçoso. Vá para o seu convento e prepare o retorno da princesa. Seu filho será mantido refém de sua lealdade: a vida dele depende de sua obediência.

— Por Deus! Meu senhor — suplicou Jerônimo —, sua alteza acabou de perdoar espontaneamente meu filho! O senhor já se esqueceu da interposição do Céu?

— O Céu – respondeu Manfredo – não envia mensageiros para questionarem o título de um legítimo príncipe. Duvido até de que Ele expresse Sua vontade por intermédio de frades... Mas isso é assunto seu, não meu. No momento, você conhece a minha vontade; e não será um arauto impertinente que vai salvar seu filho, caso você não retorne com a princesa.

Uma réplica do santo homem seria em vão. Manfredo ordenou que ele fosse conduzido ao portão dos fundos e trancado para fora do castelo. E mandou que alguns de seus subordinados carregassem Teodoro para o topo da torre negra e o vigiassem estritamente, mal permitindo que pai e filho trocassem um rápido abraço ao serem separados. Então, o príncipe retirou-se para o salão e, sentando-se soberanamente em seu trono, ordenou que o arauto fosse admitido à sua presença.

— Bem! Seu insolente! – disse o príncipe. – O que querias comigo?

— Venho a ti – respondeu ele –, Manfredo, usurpador do Principado de Otranto, enviado por um renomado e invencível cavaleiro, o Cavaleiro da Espada Gigante, em nome do seu senhor, Frederico, marquês de Vicenza, que exige a senhora Isabella, filha daquele príncipe, que tu, de forma vil e traiçoeira, aprisionaste em teu poder ao subornar os falsos tutores que a acompanhavam durante a ausência dele; e ele exige que tu renuncies ao Principado de Otranto, que tu usurpaste do dito senhor Frederico, o mais próximo em sangue ao último senhor legítimo, Alfonso o Bom. Se não cumprires imediatamente essas justas exigências, ele te desafia para um combate até as últimas consequências.

Assim falando, o arauto depôs seu bastão.

— E onde está esse fanfarrão que te envia a mim? – perguntou Manfredo.

— À distância de uma légua — respondeu o arauto. — Ele vem para garantir as exigências de seu senhor contra ti, uma vez que ele é um verdadeiro cavaleiro, e tu, um usurpador e um larápio.

Por mais injurioso que fosse o desafio, Manfredo ponderou que não era sua intenção provocar o marquês. Ele sabia o quanto era bem fundamentada a exigência de Frederico; tampouco era a primeira vez que a ouvia. Os antepassados de Frederico tinham assumido o título de príncipe de Otranto desde a morte de Alfonso, o Bom; mas Manfredo, seu pai e seu avô haviam se tornado poderosos demais para que a Casa de Vicenza os destituísse. Frederico, um príncipe jovem, corajoso e amoroso, havia se casado com uma linda moça por quem estava apaixonado, e que morrera ao dar à luz Isabella. A morte da esposa o afetou tanto que ele se envolveu em uma cruzada e partiu para a Terra Santa, onde foi ferido em combate contra os infiéis, tendo sido feito prisioneiro e reportado como morto. Quando essas notícias chegaram aos ouvidos de Manfredo, ele subornou os tutores da senhora Isabella para que a entregassem como noiva de seu filho Conrado, uma aliança com a qual ele pretendia unir as duas casas. Quando da morte do filho, essa motivação colaborou para que Manfredo decidisse ele próprio desposar Isabella tão repentinamente; e a mesma reflexão o orientou a tentar obter o consentimento de Frederico para esse casamento. Uma política semelhante inspirou o príncipe com a ideia de convidar o campeão de Frederico para o castelo, de modo que este não fosse informado da fuga de Isabella, impondo rigorosamente aos serviçais que não a mencionassem.

— Arauto — disse Manfredo assim que processou essas reflexões —, retorna para teu mestre e diz que, antes de liquidarmos nossas diferenças pela espada, Manfredo gostaria de conversar um pouco com ele. Diz que ele é bem-vindo em meu castelo, onde, afirmo, pela minha fé, uma vez que sou um verdadeiro cavalheiro, que ele será recebido de forma cortês e terá total segurança para ele e para quem o estiver seguindo. Se não pudermos acertar nossas desavenças por meios amigáveis, juro que ele partirá a salvo e que terá plena satisfação de acordo com as leis das armas: assim me ajude Deus e a Sua Santíssima Trindade!

O arauto fez três reverências e retirou-se.

Durante essa conversa, a mente do padre Jerônimo estava agitada por mil paixões contraditórias. Ele temia pela vida do filho, e seu primeiro pensamento foi persuadir Isabella a voltar para o castelo. No entanto, também estava alarmado pela perspectiva da união dela com Manfredo. Ele temia a submissão irrestrita de Hipólita à vontade do esposo e, apesar de não duvidar de que poderia incentivá-la a não aceitar um divórcio se pudesse ter acesso a ela, caso o príncipe descobrisse que a obstrução viera dele, isso seria igualmente fatal para Teodoro. O padre estava impaciente para saber de onde vinha o arauto que com tão pouca cerimônia questionara o título de Manfredo: mas não ousava ausentar-se do convento para evitar que Isabella escapasse e essa fuga fosse imputada a ele. Retornou desconsolado para o monastério, em dúvida sobre qual conduta seguir. Um monge que o encontrou no pórtico e notou seu ar melancólico disse:

— Ai, irmão! É então verdade que perdemos a nossa excelente princesa Hipólita?

O santo homem ficou estupefato e gritou:

— Que queres dizer, irmão? Venho agora mesmo do castelo, e a deixei em perfeita saúde.

— Martelli — respondeu o outro — passou pelo convento há apenas um quarto de hora voltando do castelo, e relatou que sua alteza estava morta. Todos os nossos irmãos foram para a capela rezar por sua ascensão feliz a uma vida melhor e pediram para que eu esperasse pela tua chegada. Eles conhecem teu santo elo com aquela boa senhora, e estão inquietos pela aflição que a morte dela causará em ti... É certo que todos temos motivos para prantéa-la. Ela era como uma mãe para nossa casa. Mas a vida não é nada além de peregrinação; não devemos murmurar... nós devemos segui-la! Que nosso final seja como o dela!

— Meu bom irmão, tu sonhas – disse Jerônimo. – Digo-te que venho do castelo e que deixei a princesa em bom estado. Onde está a senhorita Isabella?

— Pobre senhorita! – respondeu o frade. – Dei as notícias a ela e lhe ofereci conforto espiritual. Lembrei-a da condição transitória da mortalidade e aconselhei que tomasse o véu: dei como exemplo a santa princesa Sancha de Aragão.

— Teu zelo foi louvável – disse Jerônimo com impaciência –, mas desnecessário: Hipólita está bem... pelo menos, confio que esteja. Não ouvi nada do contrário, mesmo com a severidade do príncipe. Bem, irmão, mas onde está a senhorita Isabella?

— Não sei – respondeu o monge. – Ela chorou copiosamente e disse que se retiraria para seus aposentos.

Jerônimo deixou seu confrade abruptamente e correu até o quarto da princesa, mas ela não estava lá. Indagou os criados do convento, mas não teve notícias dela. Procurou-a em vão por todo o monastério e pela igreja, e despachou mensageiros às vizinhanças para descobrir se Isabella havia sido vista; sem sucesso. Nada se assemelhava à perplexidade do bom homem. O padre julgou que a princesa, suspeitando que Manfredo houvesse precipitado a morte de sua esposa, alarmara-se e se retirara para algum esconderijo ainda mais secreto. Essa nova fuga provavelmente elevaria a fúria do príncipe às alturas. A notícia da morte de Hipólita, apesar de parecer quase inacreditável, aumentava sua consternação; e ainda que o sumiço de Isabella revelasse a aversão dela por Manfredo como marido, Jerônimo não sentiu conforto algum, já que o fato ameaçava a vida de seu filho. Ele resolveu voltar ao castelo e fez com que vários de seus irmãos o acompanhassem para dar testemunho de sua inocência ao príncipe, além de, se necessário, juntar suas intercessões à dele por Teodoro.

Enquanto isso, Manfredo havia ido ao pátio e ordenara que os portões do castelo fossem abertos para a recepção do cavaleiro desconhecido e seu séquito. Em alguns minutos, o desfile chegou. Primeiramente vieram dois batedores com cetros. Depois, um arauto, seguido por dois pajens e dois trombeteiros. Então, cem soldados de infantaria, acompanhados pelo mesmo número de cavaleiros. Após esse grupo, vieram cinquenta criados caminhando, vestidos de escarlate e preto, as cores do cavaleiro. Seguiu um cavalo conduzido por um vassalo. Dois arautos de cada lado de um nobre a cavalo que carregava um estandarte com as armas de Vicenza e de Otranto enlaçadas – uma circunstância que ofendeu Manfredo profundamente, mas ele reprimiu o ressentimento. Dois novos pajens. O confessor do cavaleiro rezando o terço. Mais cinquenta servos a pé, vestidos como os anteriores. Dois cavaleiros trajando armadura completa, os visores abaixados, camaradas do cavaleiro principal. Seus escudeiros, carregando escudos e aparatos. O escudeiro do cavaleiro. Uma centena de nobres carregando uma espada enorme, parecendo esmorecer sob o peso dela. O próprio cavaleiro em cima de um corcel castanho, em armadura completa, sua lança em riste, o rosto completamente coberto pelo visor, que era encimado por uma vasta plumagem de penas negras e escarlates. Cinquenta soldados a pé, com tambores e trombetas, encerravam a procissão, que se deslocou para a direita e para a esquerda para abrir caminho ao cavaleiro.

Assim que se aproximou do portão, ele parou; e o arauto, avançando, leu novamente as palavras do desafio. Os olhos de Manfredo estavam fixos na espada gigantesca, e ele parecia mal ligar para o que era dito: mas sua atenção foi logo atraída pelo turbilhão de vento que assomou atrás de si. O príncipe se virou e contemplou as plumas do elmo encantado agitarem-se da mesma forma extraordinária que antes. Era necessária uma intrepidez como a de Manfredo para não sucumbir a tantas circunstâncias que pareciam anunciar o seu infortúnio. Ainda assim, desprezando a ameaça que a presença dos estranhos oferecia à coragem que sempre manifestou, ele falou audaciosamente:

– Senhor cavaleiro, quem quer que seja, eu te dou as boas-vindas. Se fores mortal, teu valor há de encontrar aqui um igual: e se fores um verdadeiro cavaleiro, tu desprezarás o uso da feitiçaria para atingir teu objetivo. Sejam estas profecias do Céu ou do Inferno, Manfredo confia na retidão de sua causa e no auxílio de São Nicolau, que sempre protegeu sua casa. Desmonta, senhor cavaleiro, e repousa. Amanhã hás de ter um combate leal, e que o Céu acompanhe o mais justo!

O cavaleiro não respondeu, mas, após desmontar, foi conduzido por Manfredo ao grande salão do castelo. Enquanto atravessavam o pátio, o cavaleiro parou para contemplar o elmo miraculoso; e, ajoelhando-se, pareceu orar em silêncio por alguns minutos. Então, erguendo-se, acenou para que o príncipe prosseguisse. Assim que entraram no salão, Manfredo propôs que ele depusesse as armas, mas o cavaleiro balançou a cabeça em sinal de recusa.

– Senhor cavaleiro – disse Manfredo –, isso não é cortês, mas, por minha boa fé, não hei de contrariar-te, nem terás tu motivo para reclamar do príncipe de Otranto. De minha parte, não há nenhuma traição planejada; espero que assim seja com o senhor. Aqui, tome o meu anel – disse, entregando-o ao cavaleiro. – Tu e teus amigos vão usufruir das leis da hospitalidade. Descansem por aqui até que refrescos sejam trazidos. Vou apenas dar ordens para a acomodação de seu comboio e retornarei em breve.

Os três cavaleiros curvaram-se ao aceitar a cortesia. Manfredo orientou que o séquito fosse conduzido a uma hospedaria adjacente, que fora fundada pela princesa Hipólita para receber peregrinos. Enquanto faziam a volta pelo pátio rumo aos portões, a espada gigante soltou-se de seus carregadores, caiu no espaço adiante daquele em que estava o elmo e ali permaneceu imóvel. Manfredo, quase indiferente a aparições sobrenaturais, superou o choque causado por esse novo prodígio; e, retornando para o salão, onde o banquete já estava servido, ele convidou os convidados silenciosos a tomarem seus lugares. E, por mais sombrio que estivesse o seu coração, tentou inspirar alguma alegria nos presentes. Ele fez várias perguntas aos cavaleiros, mas elas foram respondidas somente com gestos. Eles levantaram os visores apenas o suficiente para se alimentarem, e ainda o fizeram com moderação.

– Os senhores – disse o príncipe – são os primeiros convidados que entre estas paredes recusaram-se a estabelecer qualquer comunicação comigo; tampouco tem sido costumeiro, presumo, que príncipes corram o risco de arriscar seu estado e sua dignidade diante de desconhecidos e de mudos. Os senhores dizem que vêm em nome de Frederico de Vicenza; ouvi dizer que ele era um cavaleiro galante e cortês; ouso dizer que ele não pensaria ser desonroso misturar-se em uma conversa com um príncipe que é seu par, e cujas façanhas em armas não são desconhecidas. Ainda assim, os senhores estão silenciosos... Bem! Seja como for. Pelas leis da hospitalidade e da cavalaria, são senhores sob este teto: façam como desejarem. Mas, por favor, deem-me um cálice de vinho; os senhores não recusarão que eu brinde à saúde de suas formosas damas.

O cavaleiro principal suspirou, fez o sinal da cruz e estava para se erguer da mesa.

– Senhor cavaleiro – disse Manfredo –, eu disse isso só por brincadeira. Não hei de constrangê-lo em nada: faça o que lhe convier. Já que seu temperamento não é alegre, sejamos tristes. Negócios talvez irão melhor ao encontro de suas vontades. Retiremo-nos, e ouça se o que tenho para revelar pode ser mais bem aproveitado do que os os vãos esforços que fiz para seu passatempo.

Após conduzir os três cavaleiros para um aposento interior, Manfredo fechou a porta e, convidando-os a se sentarem, começou da seguinte forma, dirigindo-se ao líder:

– Como bem entendi, o senhor vem em nome do marquês de Vicenza para requisitar a senhora Isabella, filha dele, que, diante da santa igreja, ligou-se a meu filho pelo consentimento de seus tutores legais; e para exigir que eu renuncie a meus domínios em nome de seu senhor, que afirma ter o sangue mais próximo ao do príncipe Alfonso, que Deus o tenha! Primeiramente, hei de responder a essa última demanda. O senhor deve saber, o seu senhor o sabe, que recebi o principado de Otranto de meu pai, dom Manuel, assim como ele o recebeu do pai dele, dom Ricardo. Alfonso, seu predecessor, ao morrer na Terra Santa sem ter deixado filhos, legou seus domínios ao meu avô, dom Ricardo, em consideração aos fiéis serviços que este lhe prestou.

O estranho balançou a cabeça.

– Senhor cavaleiro – continuou Manfredo, ternamente –, Ricardo foi um homem valente e justo; foi um homem piedoso; prova disso é a sua magnânima fundação da igreja e dos dois conventos aqui vizinhos. Ele foi particularmente protegido por seu padroeiro

São Nicolau. Meu avô era incapaz, afirmo, senhor, dom Ricardo era incapaz... perdoe-me, sua interrupção me desorientou. Venero a memória de meu avô. Bem, senhores, ele manteve estes domínios; ele o manteve pela sua boa espada e pelo favor de São Nicolau, assim como fez meu pai; e assim como farei eu, senhores, aconteça o que acontecer. Mas Frederico, seu senhor, é o mais próximo no sangue. Consenti em submeter meu título à questão da espada. Será que isso implica um título ilegítimo? Eu poderia ter perguntado onde está Frederico, o seu senhor. Relatos o dão como morto em cativeiro. O senhor diz, suas ações dizem, que ele vive. Não o questiono. Eu poderia, senhores, eu poderia questionar; mas não o farei. Outros príncipes proporiam que ele tomasse sua herança pela força, se pudesse: eles não arriscariam sua dignidade em um único combate: eles não a submeteriam à decisão de mudos desconhecidos! Perdoem-me, cavaleiros, estou muito inflamado. Mas imaginem-se em minha situação: como valentes cavaleiros, não lhes incitaria cólera ter a sua própria honra e a de seus antepassados questionadas?

— Mas vamos ao ponto — continuou Manfredo —, os senhores exigem que eu entregue a senhora Isabella. Senhores, devo perguntar: estão autorizados a recebê-la?

O cavaleiro anuiu.

— Recebê-la — prosseguiu o príncipe. — Bem, estão autorizados a recebê-la, mas, gentil cavaleiro, permita-me indagar: o senhor tem plenos poderes?

O cavaleiro anuiu novamente.

— Está bem — disse Manfredo —, então ouçam o que tenho a oferecer. Os senhores veem diante de si, cavaleiros, o mais infeliz dos homens! — Ele começou a chorar. — Concedam-me sua compaixão. Sou merecedor dela; sim, realmente sou. Saibam, não apenas perdi minha única esperança, minha alegria, o sustento de minha casa... Conrado morreu na manhã de ontem.

Os cavaleiros revelaram sinais de surpresa.

– Sim, senhores, o destino dispôs do meu filho. Isabella está em liberdade.

– Você a entrega, então? – gritou o cavaleiro principal, quebrando seu silêncio.

– Conceda-me sua paciência – pediu Manfredo. – Regozijo-me ao descobrir, por esse testemunho de sua boa vontade, que a questão poderá ser resolvida sem sangue. Não são assuntos de meu interesse que me fazem ter algo a mais para dizer. No entanto, vejam em mim um homem desgostoso com o mundo: a perda do meu filho me afastou de questões mundanas. Poder e grandeza não mais encantam meus olhos. Eu gostaria de transmitir o cetro que recebi honrosamente de meus antepassados ao meu filho, mas isso acabou! A vida em si tornou-se tão indiferente para mim, que aceitei seu desafio com alegria. Um bom cavaleiro não pode ir para sua sepultura com maior satisfação do que a de ter cumprido sua vocação. Seja qual for a vontade do Céu, vou me submeter a ela; pois, ai de mim! Senhores, sou um homem de muitas tristezas. Manfredo não é objeto de inveja, mas sem dúvida os senhores estão a par de minha história.

O cavaleiro fez sinais indicando que a ignorava, e pareceu curioso para que o príncipe continuasse.

– É possível, senhores – prosseguiu o príncipe –, que minha história seja um segredo? Os senhores não ouviram nada relacionado a mim e à princesa Hipólita?

Eles balançaram a cabeça.

– Não! Eis então, senhores, o que acontece. Os senhores creem que eu seja ambicioso: a ambição (ai de mim!) é composta de materiais mais ásperos. Se eu fosse ambicioso, não teria sido, por tantos anos, uma vítima de todos os escrúpulos da consciência. Mas abuso de sua paciência; serei breve. Saibam, então, que por muito tempo minha mente foi perturbada pela minha união com a princesa Hipólita. Ah! Senhores, se conhecessem aquela excelente mulher! Se soubessem que a adoro como esposa, e que a estimo como amiga... Mas o homem não nasceu para a perfeita felicidade! Ela compartilha meus escrúpulos, e com seu consentimento eu coloquei esta questão diante da igreja, pois somos parentes em graus considerados proibidos. Espero a todo momento pela sentença definitiva que há de nos separar para sempre; tenho certeza de que os senhores sentem por mim, vejo que o fazem. Perdoem estas lágrimas!

Os cavaleiros olharam-se entre si, em dúvida sobre onde isso terminaria. Manfredo continuou:

— Tendo a morte de meu filho acontecido enquanto minha alma estava sob essa aflição, não pensei em nada além de renunciar a meus domínios e retirar-me para sempre do convívio da humanidade. Minha única dificuldade foi providenciar um sucessor que fosse terno para com meu povo, e dispor da senhora Isabella, que é querida por mim como se fosse sangue de meu sangue. Eu queria restabelecer a linhagem de Alfonso, mesmo que se tratasse de seu grau de parentesco mais distante; embora, perdoem-me, eu esteja convicto de que era de sua vontade que a linhagem de Ricardo tomasse o lugar de seus próprios parentes; ainda assim, onde procuraria eu por tais parentes? Não conhecia nenhum além de Frederico, seu senhor; ou ele fora feito prisioneiro pelos infiéis, ou estava morto. Se estivesse vivo e em seu lar, será que trocaria o próspero estado de Vicenza pelo insignificante principado de Otranto? Se ele não o fizesse, poderia eu suportar a perspectiva de ver um duro e insensível vice-rei impor-se ao meu pobre e leal povo? Pois, senhores, eu amo meu povo e graças aos céus sou amado por ele. Mas os senhores perguntarão aonde levará este longo discurso: abrevio-o, então. Com a vinda dos senhores, os Céus parecem ter revelado uma solução para essas dificuldades e para meus infortúnios. A senhora Isabella está em liberdade; em breve, eu também estarei. Eu me sujeitaria a qualquer coisa pelo bem do meu povo. Não seria o melhor, ou o único caminho de extinguir a contenda entre nossas famílias, se eu tomasse a dama Isabella como esposa? Os senhores se surpreendem. Mas apesar de as virtudes de Hipólita serem sempre queridas por mim, um príncipe não deve levar a si mesmo em conta; ele nasceu para seu povo.

Neste instante, um servo entrou no aposento e informou a Manfredo que Jerônimo e vários de seus confrades exigiam uma audiência imediata com ele.

Provocado por essa interrupção e temendo que o padre revelasse aos estranhos que Isabella havia se escondido no convento, o príncipe ia proibir a entrada de Jerônimo. No entanto, lembrando-se de que este certamente havia chegado para avisar-lhe sobre o retorno da princesa, Manfredo começou a se desculpar diante dos cavaleiros por deixá-los por alguns momentos, mas foi impedido de sair pela chegada dos religiosos. O príncipe os repreendeu ferozmente pela intrusão, e os teria forçado a sair do aposento; mas Jerônimo estava agitado demais para ser repelido. Ele declarou em voz alta a fuga de Isabella, com protestos de sua própria inocência.

Manfredo, perturbado com a notícia e o fato de os estranhos tomarem conhecimento dela, não proferiu nada além de frases incoerentes, ora repreendendo o padre, ora desculpando-se aos cavaleiros, ávido por saber o que era feito de Isabella, mas ao mesmo tempo temeroso de que eles também soubessem; impaciente para persegui-la, mas apavorado por tê-los na busca. Ele ofereceu despachar mensageiros para procurá-la, mas o cavaleiro principal, não mais guardando silêncio, repreendeu Manfredo com termos amargos por seu comportamento ambíguo e soturno, e indagou sobre a causa da primeira ausência de Isabella do castelo.

Manfredo, lançando um olhar severo para Jerônimo como se lhe ordenasse silêncio, declarou que, com a morte de Conrado, ele a havia encaminhado ao convento até que pudesse determinar o que faria com ela. Por temer pela vida de seu filho, Jerônimo não ousou contradizer essa falsidade, mas um de seus irmãos, que não estava sob a mesma aflição, declarou francamente que ela fugira para a igreja na noite anterior. Em vão, o príncipe tentou impedir essa revelação, que o soterrou com vergonha e confusão. O cavaleiro principal, espantado pelas contradições que ouviu, e quase que persuadido de que Manfredo havia escondido a princesa, a despeito da preocupação que ele expressou com sua fuga, correu para a porta e disse:

— Príncipe traidor! Isabella será encontrada.

Manfredo tentou segurá-lo, mas, com o auxílio dos outros cavaleiros, ele se livrou do príncipe e apressou-se para o pátio, convocando seus criados. Crendo ser inútil dissuadi-lo da busca, Manfredo ofereceu-se para acompanhá-lo. Então, após chamar seus criados e levar Jerônimo e alguns de seus irmãos para guiá-los, saiu do castelo. Mas não antes de dar ordens particulares para que o séquito do cavaleiro fosse retido, enquanto, para o próprio cavaleiro, fingiu ter enviado um mensageiro para solicitar o auxílio daqueles que o acompanhavam.

O grupo acabara de sair do castelo quando Matilda, que se sentira profundamente interessada pelo jovem camponês desde que o vira ser condenado à morte no salão, e cujos pensamentos organizavam-se para encontrar medidas que o salvassem, foi informada por algumas criadas de que Manfredo havia despachado todos os seus homens para perseguir Isabella. Em sua pressa, o príncipe dera ordens em termos gerais, sem pretender estendê-las ao guarda que vigiava Teodoro, mas se esqueceu de avisá-lo. Os criados, em prontidão para obedecer a um príncipe tão peremptório, e incitados por sua própria curiosidade e pelo amor à novidade de juntarem-se a uma perseguição assim precipitada, deixaram o castelo sem um homem sequer. Matilda livrou-se de suas criadas, subiu à torre negra e, após tirar o ferrolho da porta, apresentou-se ao atônito Teodoro.

— Jovem — disse ela —, apesar de o dever filial e a modéstia feminina condenarem a atitude que tomo, a santa compaixão, superando todos os outros laços, a justifica. Foge; as portas de tua prisão estão abertas: meu pai e seus servos estão ausentes, mas devem retornar logo. Vai em segurança, e que os anjos do céu orientem teu curso!

— Certamente tu és um desses anjos! — disse Teodoro, arrebatado. — Ninguém, além de uma santa abençoada, poderia falar, poderia agir... poderia parecer assim contigo. Posso conhecer o nome de minha divina protetora? Penso ter ouvido uma menção ao teu pai. Será possível? Poderá o sangue de Manfredo sentir a sagrada piedade? Adorável senhora, tu não respondes. Mas como tu estás aqui? Por que negligencias tua própria segurança e dedicas seus pensamentos a um infeliz como Teodoro? Fujamos juntos: a vida que tu salvaste será dedicada à tua defesa.

— Ai de mim! Tu te enganas — afirmou Matilda, suspirando. — Sou filha de Manfredo, mas nenhum perigo me aguarda.

— Espantoso! — disse Teodoro. — Mas ontem à noite fui abençoado por conceder a ti o serviço que tua graciosa compaixão tão piedosamente retorna a mim agora.

— Tu ainda estás enganado – disse a princesa. – Mas esta não é uma hora para explicações. Foge, virtuoso jovem, enquanto ainda está em meu poder salvar-te: se meu pai retornar, tu e eu teremos ambos motivos para temer.

— Como! – respondeu Teodoro. – Pensas tu, encantadora senhora, que eu aceitaria a vida sob a pena de que algo calamitoso ocorresse a ti? Prefiro suportar mil mortes.

— Só corro riscos – falou Matilda – com teu atraso. Parte; meu auxílio à tua fuga não pode ser conhecido.

— Jura pelos santos acima – disse Teodoro – que não suspeitarão de ti; de outra forma, juro esperar aqui pelo que quer que se abata sobre mim.

— Oh! És generoso demais – respondeu Matilda. – Mas estejas seguro que nenhuma suspeita poderá recair sobre mim.

— Dá-me tua bela mão como penhor de que não estás me enganando – falou Teodoro –, e deixa-me banhá-la com minhas cálidas lágrimas de agradecimento.

— Não! – devolveu a princesa. – Isso não pode acontecer.

— Ai de mim! – falou Teodoro. – Só vivi calamidades até este momento... Talvez sejam a minha única sina: recebe os castos arroubos da sagrada gratidão; é minha alma que se derramaria em tua mão.

— Controla-te e vá embora – respondeu Matilda. – O que pensaria Isabella ao ver-te aos meus pés?

— Quem é Isabella? – perguntou o jovem, surpreso.

— Ah! – exclamou a princesa – Temo estar auxiliando um tratante. Já te esquecestes da tua curiosidade esta manhã?

— Tua aparência, tuas ações, toda a tua beleza parecem uma emanação de divindade – disse Teodoro –, mas tuas palavras são sinistras e misteriosas. Fala, senhora; fala para a compreensão de teu servo.

— Tu entendes muito bem! — respondeu Matilda. — Mas uma vez mais ordeno que parta: teu sangue, que posso preservar, cairá sobre minha cabeça, caso eu perca tempo com discursos vãos.

— Vou, senhora — disse Teodoro —, porque é tua vontade, e porque eu não carregaria os cabelos grisalhos de meu pai com tristeza para a sepultura. Diz apenas, adorada senhora, que tenho tua gentil compaixão.

— Fica — respondeu Matilda. — Vou conduzir-te pela cripta subterrânea pela qual Isabella escapou; ela vai levar-te à igreja de São Nicolau, onde tu podes te esconder.

— O quê! — disse Teodoro. — Foi outra, e não tu, que eu ajudei a encontrar a passagem subterrânea?

— Foi — afirmou Matilda. — Mas não pergunta mais nada; tremo ao ver que continuas aqui; foge para o santuário.

— Para o santuário — respondeu Teodoro. — Não, princesa; santuários são para donzelas desamparadas ou para criminosos. A alma de Teodoro está livre de culpa e não se cobrirá de nada que se pareça com isso. Dá-me uma espada, senhora, e teu pai há de aprender que Teodoro menospreza uma fuga ignominiosa.

— Jovem insolente! — exclamou Matilda. — Tu ousas erguer teu braço presunçoso contra o príncipe de Otranto?

— Não contra teu pai; de fato, não ouso — afirmou Teodoro. — Perdoa-me, senhora; esqueci-me. Mas não pude olhar-te e lembrar-me de que és fruto do tirano Manfredo! No entanto, ele é teu pai, e a partir deste momento minhas injúrias estão enterradas no esquecimento.

Um murmúrio profundo e oco, que pareceu ter vindo de cima, assustou a princesa e Teodoro.

— Céus! Estão nos ouvindo! — afligiu-se a princesa.

Eles escutaram; mas, não percebendo nenhum novo ruído, concluíram que fora o efeito de vapores aprisionados. E a princesa, precedendo Teodoro suavemente, levou-o até a sala de armas de seu pai, equipou-o com uma armadura completa e o conduziu até o portão posterior.

— Evita a aldeia — disse a princesa — e todo o lado oeste do castelo. É lá que Manfredo e os estranhos devem estar fazendo a busca; corre para o lado oposto. Mais além, atrás daquela floresta no leste, há uma cadeia de rochas que forma um labirinto de cavernas que alcança até o mar. Lá tu podes permanecer escondido até que tu consigas acenar para uma embarcação vir à costa e levá-lo. Vá! Que o Céu te guie!... e algumas vezes, em tuas preces, lembra-te de... Matilda!

Teodoro lançou-se aos pés da princesa e, tomando sua mão que, com esforço, ela o impediu de beijar, ele jurou sagrar-se cavaleiro o quanto antes, e ardorosamente pediu-lhe permissão para que se tornasse seu eterno defensor.

Antes que a princesa pudesse responder, um estrondo de trovão subitamente chacoalhou as fundações do castelo. Teodoro, indiferente à tempestade, teria insistido na resposta; porém a princesa, consternada, retirou-se rapidamente para o castelo, e ordenou que o jovem partisse, com um ar que não aceitaria desobediência. Ele suspirou e retirou-se, mas manteve os olhos fixos no portão até que Matilda, ao fechá-lo, terminou a conversa durante a qual os dois corações beberam profundamente de uma paixão que, naquele momento, ambos degustaram pela primeira vez.

Pensativo, Teodoro partiu rumo ao convento para avisar seu pai sobre a sua libertação. Lá ele soube da ausência de Jerônimo, e da busca pela senhora Isabella, com alguns detalhes que só agora veio a conhecer. A generosa galanteria de sua natureza fez com que desejasse ajudá-la; mas os monges não puderam lhe dar diretriz alguma sobre a rota que ela havia tomado. O jovem camponês não estava inclinado a ir muito longe à procura dela, já que a lembrança de Matilda havia marcado seu coração com tal força, que ele não suportaria distanciar-se tanto de onde ela estava. A ternura que Jerônimo expressara por ele contribuiu para confirmar essa relutância; e Teodoro até se persuadiu de que a afeição filial era a causa principal de sua permanência entre o castelo e o convento.

Até que Jerônimo retornasse à noite, Teodoro enfim decidiu ir para a floresta indicada por Matilda. Chegando lá, ele buscou as sombras mais escuras, que melhor acolhiam a doce melancolia que reinava em sua mente. Neste estado de espírito, ele vagou por cavernas que antes serviram de retiro para eremitas, e que agora, de acordo com relatos que percorriam a região, eram assombradas por maus espíritos. Ele lembrou-se de ter ouvido essas histórias; e, dono de uma disposição corajosa e aventureira, cedeu de bom grado à curiosidade de explorar os recessos secretos desse labirinto. E não havia ido muito longe quando pensou ter ouvido passos de alguém que parecia escapar à sua frente.

Apesar de acreditar com firmeza em tudo o que a santa fé professa, Teodoro não julgava que homens bons fossem entregues sem motivo à malícia dos poderes da escuridão. Ele imaginou que era mais provável o lugar estar infestado por ladrões do que por aqueles agentes infernais acusados de molestar e de aturdir viajantes. Fazia tempo que Teodoro queimava de impaciência para provar seu valor. Desembainhando a espada, ele marchou adiante com cautela, dirigindo seus passos à medida que o vago farfalhar à sua frente indicava o caminho. A armadura que usava era como um indício para a pessoa que o evitava. Teodoro, agora convencido de que não estava enganado, acelerou o passo, evidentemente aproximando-se de quem fugia. Então, o jovem deparou-se com uma mulher que tombava sem fôlego diante de si. Ele apressou-se para erguê-la, mas ela estava tão aterrorizada, que ele temeu que fosse desmaiar em seus braços. Ele usou as palavras mais gentis para dispersar seus medos, e assegurou-lhe de que, longe de feri-la, iria defendê-la com sua própria vida. A dama, recuperando-se graças a esse comportamento cortês e olhando para seu protetor, disse:

— Certamente já ouvi esta voz antes!

— Não que eu saiba – respondeu Teodoro. – A não ser, eu suponho, que tu sejas a senhora Isabella.

— Céu misericordioso! – gritou ela. – Tu não fostes enviado para me perseguir, fostes?

E, após dizer essas palavras, ela se lançou aos pés de Teodoro, implorando-lhe para que não a entregasse a Manfredo.

— A Manfredo! – exclamou Teodoro. – Não, senhora; eu já te livrei uma vez da tirania dele, e isso terá um alto preço para mim agora, mas irei colocar-te fora do alcance do príncipe.

— Será possível – respondeu ela – que tu sejas o generoso desconhecido que encontrei na noite passada, na cripta do castelo? Certamente não és um mortal, mas sim meu anjo guardião. Ajoelho-me, e deixa-me agradecer...

— Espera! Nobre princesa – falou Teodoro –, não te humilhes diante de um pobre e solitário rapaz. Se o Céu me escolheu para ser teu libertador, ele há de cumprir seu trabalho, e de fortalecer meu braço para o que acontecer. Mas vamos, senhora, estamos muito perto da entrada da caverna; vamos buscar seus recessos mais secretos. Não poderei ficar tranquilo até que tu estejas fora do alcance de qualquer perigo.

— Ai! O que quer dizer, senhor? – perguntou ela. – Apesar de tuas atitudes serem nobres, apesar de teus sentimentos revelarem a pureza de tua alma, será apropriado que eu o acompanhe sozinha por esses retiros intrincados? Se formos encontrados juntos, o que um mundo severo pensaria de minha conduta?

– Respeito tua virtuosa delicadeza – disse Teodoro –, e a senhora não abriga uma suspeita que fira minha honra. Pretendo conduzi-la até a mais secreta cavidade dessas rochas, e então, sob o risco de minha vida, vou guardar a entrada contra tudo o que viver. Além disso, senhora – continuou ele, suspirando profundamente –, por mais bela e perfeita que seja sua forma, e apesar de meus desejos não serem insuspeitos de ambição, saiba que dedico minha alma a outra; e apesar...

Um ruído súbito impediu que Teodoro prosseguisse. Eles logo distinguiram o som:

– Isabella? Ei, Isabella!

Trêmula, a princesa recaiu em sua agonia precedente. Teodoro tentou encorajá-la, mas foi em vão. Ele garantiu que morreria antes de vê-la voltar aos poderes de Manfredo; e, implorando para que ela permanecesse escondida, o jovem avançou para impedir a aproximação de quem a buscava.

Na entrada da caverna, Teodoro encontrou um cavaleiro armado conversando com um camponês, que assegurava ter visto uma senhora passar pelos desfiladeiros das rochas. O cavaleiro estava se preparando para procurá-la quando Teodoro, colocando-se em seu caminho e com a espada em punho, impediu-o severamente de avançar.

– E quem és tu, que ousa cruzar meu caminho? – perguntou o cavaleiro com arrogância.

– Alguém que não ousa mais do que aquilo que pode fazer – respondeu Teodoro.

— Procuro pela senhora Isabella – disse o cavaleiro –, e soube que ela buscou refúgio nessas rochas. Não me impeças, ou tu te arrependerás de ter provocado meu ressentimento.

— Teu propósito é tão odioso quanto teu ressentimento é desprezível – devolveu Teodoro. – Retorna de onde vieste, ou logo saberemos qual rancor é o mais terrível.

O estranho era o cavaleiro principal do marquês de Vicenza e tinha se afastado de Manfredo, que estava ocupado obtendo informações da princesa e dando ordens para evitar que ela caísse no poder dos três cavaleiros. O líder suspeitava que o príncipe de Otranto estivesse a par do esconderijo da princesa; e esse insulto de um homem que ele concluiu ter sido designado por Manfredo para vigiá-la confirmou suas suspeitas. O cavaleiro não respondeu, mas desferiu um golpe de espada contra Teodoro, que teria removido qualquer obstrução se este, que o tomara por um dos capitães do tirano e se preparara, não tivesse se defendido com seu escudo. A coragem que por tanto tempo sufocara em seu peito irrompeu de uma só vez; ele avançou impetuosamente na direção do cavaleiro, cujos orgulho e cólera eram poderosos incentivos para feitos grandiosos.

O combate foi furioso, mas não longo. Teodoro feriu o cavaleiro em três locais diferentes e finalmente o desarmou quando o oponente desmaiou devido à perda de sangue.

O camponês, que havia fugido no início, avisara alguns dos servos de Manfredo que, por ordens do príncipe, haviam se dispersado pela floresta em busca de Isabella. Eles chegaram no momento em que o cavaleiro tombou, e logo descobriram tratar-se do nobre desconhecido. Teodoro, a despeito de seu ódio por Manfredo, não pôde contemplar sua própria vitória sem sentir piedade e generosidade. Mas ele ficou mais comovido ao conhecer a qualidade de seu adversário, e foi informado de que não se tratava de um partidário, mas de um inimigo de Manfredo. Ele auxiliou os servos deste a desarmarem o cavaleiro e a estancar o sangue que corria de suas feridas. Recuperando a fala, o cavaleiro disse, com uma voz fraca e vacilante:

– Generoso adversário, ambos nos equivocamos. Eu te tomei por um instrumento do tirano; e noto que tu cometeste engano semelhante. É tarde para desculpas. Estou desmaiando... Se Isabella estiver por perto, chama-a... Tenho importante segredos para...

– Ele está morrendo! – exclamou um dos criados. – Alguém tem um crucifixo? Andrea, reze uma oração por ele.

– Traga um pouco de água – ordenou Teodoro – e derrame-a em sua garganta enquanto corro para buscar a princesa.

Após dizer isso, ele correu para Isabella, e, com poucas e modestas palavras, contou-lhe que desgraçadamente tinha ferido um cavaleiro enviado pela corte de seu pai, alguém que desejava, antes de morrer, comunicar-lhe algo importante.

A princesa, que agitara-se ao ouvir a voz de Teodoro chamando-a, espantou-se com o que ouviu. Permitindo-se ser conduzida pelo jovem, cuja nova prova de coragem havia lhe restabelecido o ânimo antes disperso, ela chegou ao local onde o cavaleiro jazia em silêncio. Mas os temores da princesa retornaram quando ela contemplou os criados de Manfredo. Isabella teria fugido novamente se Teodoro não a fizesse perceber que estavam desarmados, e se ele não os tivesse ameaçado de morte instantânea caso ousassem capturar a princesa.

O estranho, abrindo os olhos para observar a mulher, disse:

– És tu... por favor, diz-me a verdade... és tu Isabella de Vicenza?

– Sou eu – respondeu ela. – Que o Céu o restabeleça!

– Então, tu... então, tu... – falou o cavaleiro, lutando contra as palavras. – Vês... teu pai. Dá-me um...

— Oh! Assombro! Horror! O que ouço? O que vejo? – gritou Isabella. – Meu pai! Você, meu pai! Como veio até aqui, senhor? Pelo amor de Deus, fale! Oh! Procurem ajuda, ou ele vai morrer!

— É a pura verdade – sussurrou o cavaleiro ferido, recrutando todas as suas forças. – Sou Frederico, teu pai. Sim, vim para libertá-la. Não será... Dá-me um beijo de despedida, e tome...

— Senhor – falou Teodoro –, não se exauste; permita-nos que o levemos ao castelo.

— Para o castelo! – devolveu Isabella. – Não há ajuda mais próxima do que o castelo? Você submeteria meu pai ao tirano? Se ele for para lá, não ousarei acompanhá-lo; no entanto, não posso deixá-lo!

— Minha filha – disse Frederico –, não importa para onde eu seja carregado. Alguns minutos mais e estarei além de qualquer perigo; mas enquanto tiver olhos para contemplar-te, não me abandones, amada Isabella! Este bravo cavaleiro... Não sei quem é... Vai proteger tua inocência. Senhor, não abandonarás minha filha, não é?

Teodoro, derramando lágrimas sobre sua vítima, e jurando proteger a princesa com sua própria vida, convenceu Frederico a se deixar ser levado para o castelo. Eles o acomodaram no cavalo de um dos criados, depois de tratarem de suas feridas da forma que puderam. Teodoro cavalgou ao seu lado; e a aflita Isabella, que não suportaria deixá-lo, seguiu lugubremente atrás.

CAPÍTULO IV

Quando o triste cortejo chegou ao castelo, foram recebidos por Hipólita e Matilda, a quem Isabella havia enviado um criado com o aviso de sua aproximação. Após ordenar que Frederico fosse levado ao aposento mais próximo, onde os cirurgiões tratariam de suas feridas, as damas se retiraram. Matilda corou ao ver Teodoro e Isabella juntos; mas tentou esconder o desconcerto ao abraçar esta e ao demonstrar seu pesar pelo que acontecera ao seu pai. Os médicos logo vieram comunicar a Hipólita de que nenhuma das feridas do marquês eram perigosas e que ele desejava ver sua filha e as princesas.

Teodoro, pretendendo expressar sua alegria por ver-se livre das apreensões de que o combate tivesse sido fatal para Frederico, não conseguiu resistir ao impulso de seguir Matilda. Os olhos desta, ao encontrar os dele, dirigiam-se de tal forma para baixo que Isabella, observando Teodoro tão atentamente quanto este fitava Matilda, logo adivinhou qual era o objeto das afeições que ele confessara na caverna. Enquanto essa cena silenciosa se desenrolava, Hipólita perguntou a Frederico o motivo de ele ter tomado aquele caminho misterioso para recuperar sua filha; e ofereceu inúmeras desculpas para escusar Manfredo pelo casamento contratado entre seus filhos.

Por mais inflamado que estivesse contra Manfredo, Frederico não foi insensível à cortesia e à benevolência de Hipólita: mas ele estava ainda mais afetado pela formosura adorável de Matilda. Desejando detê-las ao seu lado, contou à princesa-mãe sua história.

Contou-lhe que, enquanto estivera aprisionado pelos infiéis, sonhou que sua filha, de quem não tivera notícias desde sua captura, fora detida em um castelo no qual ela corria o risco de sofrer os mais terríveis infortúnios. No sonho, se ele obtivesse sua liberdade e conseguisse chegar a um bosque próximo a Joppa[1], ele teria mais informações. Alarmado e incapaz de obedecer às instruções fornecidas por este sonho, suas correntes se lhe tornaram mais pesarosas do que nunca. Mas, enquanto seus pensamentos ocupavam-se de encontrar a liberdade, Frederico recebeu a boa notícia de que os príncipes confederados, que guerreavam na Palestina, haviam pagado o seu resgate. Então, partiu imediatamente para o bosque indicado pelo sonho.

Por três dias, ele e seus companheiros perambularam pela floresta, sem ver uma forma humana sequer: mas, ao anoitecer do terceiro dia, chegaram a uma gruta na qual encontraram um venerável eremita já na

---

1 ATUALMENTE JAFA (OU JAFFA), ANTIGA CIDADE PORTUÁRIA DE ISRAEL QUE, EM 1950, FOI INCORPORADA COMO MUNICIPALIDADE DE TEL AVIV. (N.T.)

agonia da morte. Ao aplicarem-lhe bálsamos revigorantes, eles restabeleceram a fala do pobre homem.

– Meus filhos – disse ele – agradeço-lhes por sua caridade... mas é em vão... parto para meu repouso eterno. No entanto, morro com a satisfação de ter cumprido a vontade de Deus. Quando cheguei a este local solitário, após ver o meu país cair nas mãos de infiéis... Já faz, (ai de mim!) mais de cinquenta anos desde que testemunhei aquela terrível cena!... São Nicolau apareceu para mim e revelou-me um segredo, proibindo-me de transmiti-lo a qualquer mortal em vida até que chegasse a hora de minha morte. Esta é a hora tremenda, e os senhores são os guerreiros escolhidos a quem foi imposto que eu revelasse minha verdade. Assim que tiverem terminado os últimos ofícios para este desgraçado corpo, cavem sob a sétima árvore à esquerda desta pobre caverna, e suas tristezas vão... Oh! Que o bom Deus receba minha alma!

E, após essas palavras, o devoto homem soltou seu último suspiro.

– No raiar do dia – continuou Frederico –, quando nós já tínhamos entregado as santas relíquias à terra, nós cavamos na direção dada pelo eremita. Mas qual não foi nosso espanto quando, por volta de seis pés de profundidade, nós encontramos uma enorme espada? A mesma que está lá no pátio. Na lâmina que, na ocasião, estava em parte fora da bainha, e que desde então encontra-se embainhada, estavam escritas as seguintes linhas... não, perdoe-me, senhora – acrescentou o marquês, voltando-se para Hipólita –, se eu me abstenho de repeti-las: respeito seu sexo e sua posição, e não gostaria de me culpar por ofender seus ouvidos com sons injuriosos a alguém que lhe seja caro.

Ele se calou. Hipólita estremeceu. Ela não suspeitava, mas Frederico estava destinado pelos Céus a cumprir o destino que parecia ameaçar seu lar. Olhando com ansiosa ternura para Matilda, uma lágrima silenciosa percorreu-lhe a bochecha: mas, recompondo-se, ela disse:

— Prossiga, meu senhor; o Céu não faz nada em vão. Os mortais devem receber as ordens divinas com humildade e submissão. É nosso dever sujeitarmo-nos à sua ira, ou curvarmo-nos a seus decretos. Repita a frase, meu senhor; nós escutamos resignadas.

Frederico sentiu-se penalizado por ter ido tão longe. A dignidade e a firmeza paciente de Hipólita instilavam-lhe respeito, e a terna e silenciosa afeição com a qual a princesa e sua filha entreolhavam-se quase o levou às lágrimas. No entanto, apreensivo pelo fato de que recusar-se a obedecer seria mais alarmante, ele repetiu as seguintes linhas com uma voz baixa e hesitante:

"Onde houver um elmo que condiga com esta espada
Por perigos a tua filha será cercada
Somente o sangue de *Alfonso* trará a salvação
E acalmará o espectro que há tanto ronda em perdição."

— O que há nessas linhas — perguntou Teodoro — que tanto afetaria estas princesas? Por que deveriam elas chocar-se por tão misteriosa extravagância, que tem tão pouco fundamento?

— Suas palavras são rudes, rapaz — respondeu o marquês. — E ainda que a sorte lhe tenha favorecido uma vez...

— Meu honrado senhor — interveio Isabella, ressentida pelo ardor de Teodoro, que ela percebeu ser presidida pelos sentimentos do jovem por Matilda —, não se descomponha pelos equívocos do filho de um camponês; ele se esquece da reverência que lhe deve. Mas ele não está acostumado...

Hipólita, preocupada com a tensão que havia se instalado, repreendeu Teodoro pelo atrevimento, mas com um ar que reconhecia o zelo do rapaz. E, mudando o rumo da conversa, perguntou a Frederico onde ele havia deixado seu esposo. Quando o marquês ia responder, todos ouviram um ruído vindo de fora e, erguendo-se para descobrir a causa, viram Manfredo, Jerônimo e parte da tropa entrarem no aposento. Manfredo avançava abruptamente em direção à cama de Frederico para lhe consolar pelo infortúnio e para conhecer as circunstâncias do combate, quando, possuído pela agonia do terror e do espanto, ele gritou:

— Ah! O que és tu? Terrível espectro! Terá chegado a minha hora?

— Meu mais querido, nobre senhor – exclamou Hipólita, envolvendo-o em seus braços –, o que é que vê? Porque fixa seus olhos desta forma?

— O quê? – devolveu Manfredo, sem fôlego. – Não vês nada, Hipólita? Terá sido este medonho fantasma enviado somente para mim... para mim, que não...

— Pela mais doce piedade, meu senhor – respondeu Hipólita. – Retome sua alma, comande sua razão. Não há ninguém aqui além de nós, seus amigos.

— O quê, não é Alfonso ali? – gritou Manfredo. – Não o vês? Poderá ser um delírio de meu cérebro?

— Este? Meu senhor – disse Hipólita –, este é Teodoro, o jovem que foi tão desafortunado.

— Teodoro! – respondeu Manfredo tristemente, golpeando a própria testa. – Seja Teodoro ou uma aparição, ele perturbou a alma de Manfredo. Mas como ele veio até aqui? E como traja uma armadura?

— Acredito que ele tenha ido em busca de Isabella – disse Hipólita.

— De Isabella! — falou Manfredo, recaindo na fúria. — Sim, sim, é indubitável... Mas como ele escapou do confinamento em que o deixei? Terá sido Isabella ou este padre velho e hipócrita quem o libertou?

— E seria um pai criminoso, meu senhor — interveio Teodoro —, se ele tentasse libertar seu filho?

Jerônimo, atônito por ver a si mesmo assim acusado pelo filho, e sem fundamentação, não soube o que pensar. Ele não conseguia entender como Teodoro escapara, como obtivera aquela armadura e como encontrara Frederico. No entanto, o padre não se aventuraria a fazer qualquer pergunta que pudesse inflamar a fúria de Manfredo contra seu filho. O silêncio de Jerônimo convenceu Manfredo de que ele havia maquinado a libertação de Teodoro.

— E é assim, seu ingrato velho — disparou o príncipe dirigindo-se ao padre —, que tu retribuis a minha generosidade e a de Hipólita? E não satisfeito por atravessar os desejos mais próximos de meu coração, tu armas teu bastardo e o traz até meu próprio castelo para que me insulte!

— Meu senhor — interrompeu Teodoro —, o senhor se engana sobre meu pai. Nem ele nem eu somos capazes de abrigar um só pensamento que ameace a sua paz. Será insolente esta minha rendição diante do poder de sua alteza? — acrescentou ele, depositando respeitosamente a espada aos pés de Manfredo. — Eis meu peito; golpeie-o, meu senhor, se suspeita de que ele aloja um pensamento desleal. Não há um só sentimento gravado em meu coração que não seja de veneração ao senhor e aos seus.

A graça e o fervor com que Teodoro proferiu essas palavras colocaram cada pessoa presente a seu favor. Até Manfredo foi tocado

— no entanto, transtornado pela semelhança entre o jovem e Alfonso, sua admiração misturou-se com secreto horror.

— Levanta-te — ordenou. — Tua vida não é meu propósito neste momento. Mas diz-me tua história, e como tu te ligastes a esse velho traidor.

— Meu senhor... — começou Jerônimo, avidamente.

— Cale-se! Impostor! — atalhou Manfredo. — Não quero que lhe insinuem nada.

— Meu senhor — disse Teodoro —, não quero auxílio algum. Minha história é bastante breve. Com cinco anos de idade, fui levado para Algiers com minha mãe, que havia sido pega pelos corsários na costa da Sicília. Ela morreu de pesar em menos de doze meses.

Lágrimas jorraram dos olhos de Jerônimo, cujo semblante expressava mil paixões angustiantes.

— Antes que ela morresse, — continuou Teodoro, — enfiou um bilhete em volta de meu braço, embaixo de minhas roupas, onde se lia que eu era filho do conde de Falconara.

— É a pura verdade — interrompeu Jerônimo. — Sou esse pai miserável.

— Novamente te imponho silêncio — ordenou Manfredo. — Prossiga.

— Permaneci escravo — continuou o rapaz — até dois anos atrás, quando, servindo ao meu senhor em suas navegações, fui libertado por uma embarcação cristã que subjugou o pirata; quando revelei minha identidade para o capitão, ele generosamente me deixou no litoral da Sicília. Mas (ai de mim!) em vez de encontrar um pai, descobri que sua propriedade, que se situava na costa, havia sido, durante sua ausência, destruída pelo mesmo bandido que levara minha mãe e eu para o cativeiro; descobri que seu castelo havia sido totalmente queimado, e que meu pai, ao retornar, havia vendido o que sobrara, e abraçara a religião no reinado de Nápoles. Onde, porém, nenhum homem foi capaz de me informar. Destituído e sem amigos, sem esperanças de encontrar o conforto do abraço de um pai, embarquei na primeira oportunidade rumo a Nápoles, de onde, nestes últimos seis dias, caminhei até esta província, ainda sustentando-me pelo trabalho de minhas próprias mãos. Até a manhã de ontem, não acreditava que o Céu tivesse reservado, para mim, nada além de uma consciência tranquila e de uma pobreza digna. Esta é, meu senhor, a história de Teodoro. Sou abençoado para além de minhas esperanças por ter encontrado um pai; e sou desafortunado para além de minha solidão por ter causado o descontentamento de sua alteza.

Teodoro calou-se. Um murmúrio de aprovação gentilmente desprendeu-se dos presentes.

– Isso não é tudo – falou Frederico. – Pela honra, devo acrescentar o que ele suprimiu. Embora ele seja modesto, preciso ser generoso; ele é um dos jovens mais corajosos do território cristão. É caloroso, também; e, considerando o pouco que o conheço, dou fé de que fala a verdade. Se o seu relato não fosse verdade, ele não o proferiria... e quanto a mim, jovem, honro a franqueza que vem de teu nascimento. Mas agora, faz pouco, tu me ofendeste: no entanto, o sangue nobre que corre em suas veias pode se permitir ferver, uma vez que tão recentemente encontrou sua fonte.

Dirigiu-se, então, para Manfredo:

– Vamos, meu senhor. Se eu posso perdoá-lo, certamente o senhor também pode. Não é culpa do jovem o senhor tê-lo confundido com um espectro.

Esta amarga provocação irritou Manfredo.

— Se seres de outro mundo — respondeu ele arrogantemente — têm poder para imprimir temor em minha mente, atingem mais do que qualquer homem vivente e do que o braço de um jovem.

— Meu senhor — interrompeu Hipólita —, seu convidado precisa repousar. Não é melhor o deixarmos descansando? — Ao dizer isso, tomou a mão de Manfredo e pediu licença a Frederico para que o deixasse, levando os demais presentes consigo.

O príncipe, sem se arrepender de deixar uma conversa que o relembrou da descoberta de suas sensações mais secretas, aceitou ser conduzido para seu próprio aposento, depois de permitir que Teodoro se retirasse com seu pai no convento, ainda que com a condição de que retornassem ao castelo pela manhã — condição que o jovem aceitou de boa vontade. Matilda e Isabella estavam ocupadas demais com suas próprias reflexões, e muito descontentes uma com a outra para desejarem conversar mais naquela noite. Elas foram cada uma para seu quarto, com mais expressões de cerimônia e menos de afeto do que era costume entre ambas desde a infância.

Afastaram-se com pouca cordialidade, e reencontraram-se com maior impaciência assim que o sol surgiu. Suas mentes estavam em uma situação que excluía o sono, e, durante a noite, cada uma lembrou-se de mil perguntas que gostaria de ter feito à outra. Matilda refletiu que Isabella fora duas vezes libertada por Teodoro em situações muito críticas, o que ela não acreditava ser acidental. Os olhos dele, era verdade, fixaram-se nela, Matilda, enquanto eles estavam no quarto de Frederico; mas isso poderia ter sido para disfarçar sua paixão por Isabella diante dos pais de ambos. O melhor era tirar isso a limpo. Ela desejava conhecer a verdade, para que não enganasse a amiga nutrindo uma paixão pelo seu amante. Assim surgiu o ciúme, e ao mesmo tempo ela tomou emprestada uma desculpa da amizade para justificar a curiosidade.

Isabella, não menos inquieta, tinha fundamentos melhores para suas suspeitas. Tanto a língua como os olhos de Teodoro avisaram-na de que o coração dele estava comprometido; era verdade – no entanto, Matilda poderia não corresponder a essa paixão. Ela sempre pareceu indiferente ao amor; todos os seus pensamentos dirigiam-se para o Céu.

— Por que a dissuadi? – perguntou-se Isabella. – Estou sendo punida por minha generosidade; mas quando eles se encontraram? Onde? Não pode ser; devo estar enganada. Talvez a noite passada foi a primeira vez em que olharam um para o outro. Deve ser outro o objeto que tomou posse dos afetos dele... Se for assim, não serei tão infeliz quanto imaginava. Se não for minha amiga Matilda... Como? Posso aceitar desejar a afeição de um homem que, de forma rude e desnecessária, revelou-me sua indiferença? E justamente no momento em que a cortesia exigia ao menos expressões de civilidade. Vou até a minha querida Matilda, que vai concordar comigo. Homens são falsos... Vou aconselhar-me com ela sobre tomar o véu: ela vai se alegrar por me encontrar com esta disposição. E vou comunicá-la de que não mais me oponho à sua inclinação para o claustro.

Com isso em mente e determinada a abrir por completo seu coração para Matilda, ela foi até o quarto da princesa, a quem encontrou já vestida e apoiada pensativamente sobre o braço. Esta atitude, tão correspondente ao que a própria Isabella sentia, reanimou suas suspeitas e destruiu a confiança que ela se propôs a atribuir à amiga.

Ambas coraram novamente ao se encontrarem e eram muito jovens para disfarçar emoções de forma adequada. Depois de algumas perguntas e respostas insignificantes, Matilda questionou Isabella sobre o motivo de sua fuga. Esta, que quase se esquecera da paixão de Manfredo, tão completamente ocupada estava com a sua própria paixão, e imaginando que Matilda se referia à sua última fuga do convento, a que ocasionou os eventos da noite anterior, respondeu:

– Martelli levou ao convento a informação de que sua mãe estava morta.

– Oh! – disse Matilda, interrompendo-a. – Bianca me explicou sobre este engano: ao ver-me desmaiando, ela gritou "A princesa morreu!", e Martelli, que passava pelo castelo para recolher a esmola de costume...

– E o que fez você desmaiar? – perguntou Isabella, indiferente ao resto. Matilda enrubesceu e gaguejou:

– Meu pai... Ele estava julgando um criminoso...

– Qual criminoso? – continuou Isabella ansiosamente.

– Um jovem – respondeu Matilda. – Acredito... Acho que foi aquele rapaz que...

– O que, Teodoro? – disse Isabella.

– Sim – respondeu Matilda –, eu nunca o tinha visto antes. Não sei como ofendeu meu pai, mas, como prestou serviços a você, fico contente que meu senhor o tenha perdoado.

– Serviços para mim! – devolveu Isabella. – Você quer dizer ter ferido o meu pai e quase causado sua morte? Ainda que seja somente desde ontem que fui abençoada por ter conhecido um pai, espero que Matilda não pense que desconheço a ternura filial de modo a não me ressentir da ousadia daquele rapaz, e que é impossível, para mim, jamais sentir afeição por alguém que ousou erguer seu braço contra o autor de minha existência. Não, Matilda, meu coração o abomina; e se você ainda conserva a amizade que me prometeu desde a infância, também detestará um homem que estava a ponto de me fazer infeliz para sempre.

Matilda abaixou a cabeça e respondeu:

– Espero que a minha mais querida Isabella não duvide da amizade de sua Matilda; eu nunca havia visto aquele rapaz até ontem. Ele é quase um estranho para mim. Mas, já que os médicos pronunciaram que seu pai está fora de perigo, você não deveria abrigar um ressentimento impiedoso contra alguém que, estou convencida, não sabia que o marquês era seu parente.

– Você toma partido dele muito pateticamente – disse Isabella –, considerando que ele seja um estranho para você! Ou estou enganada, ou ele retribui a sua piedade.

– O que você quer dizer? – perguntou Matilda.

– Nada – respondeu Isabella, arrependendo-se por ter dado a Matilda uma pista da inclinação de Teodoro por ela. Então, mudando de assunto, perguntou a Matilda o que ocasionou Manfredo ter tomado o rapaz por um espectro.

– Meu Deus! – respondeu Matilda –, você não percebeu a semelhança extrema que há entre ele e o retrato de Alfonso na galeria? Eu havia falado disso para Bianca antes mesmo de tê-lo visto de armadura; mas, com o elmo, ele é exatamente igual àquela pintura.

– Não presto muita atenção a quadros – falou Isabella –, e muito menos examinei esse jovem tão atentamente quanto você parece ter feito. Ah? Matilda, seu coração está em perigo, mas deixe-me avisá-la, como amiga, de que ele confessou a mim que está apaixonado; não pode ser por você, já que ontem foi a primeira vez em que vocês se viram... não foi?

– Certamente – respondeu Matilda. – Mas por que minha querida Isabella conclui, a partir do que eu disse... – Ela fez uma pausa. Então, prosseguiu: – Ele a viu primeiro, e estou longe de ter a vaidade de pensar que minha parca porção de encantos poderia atrair um coração devotado a você; que você seja feliz, Isabella, não importando o destino de Matilda!

– Minha adorável amiga – disse Isabella, cujo coração era honesto demais para resistir a uma expressão de afeto –, é você que Teodoro admira; eu vi; estou convencida disso, e não permitirei que o pensamento de minha própria felicidade interfira na sua.

Essa franqueza trouxe lágrimas à doce Matilda; e o ciúme, que por um momento causara a frieza entre essas duas amáveis donzelas, logo deu lugar à sinceridade natural e ao candor de suas almas. Confessaram uma à outra a impressão que Teodoro lhes causara; e a essa confissão seguiu um combate de generosidade entre as duas, cada uma insistindo em abrir mão de suas próprias demandas em nome da outra. Enfim, a dignidade de Isabella fez com que esta, ao lembrar-se da preferência que Teodoro quase declarara por sua rival, decidisse sobrepor-se à sua paixão e ceder o homem amado à amiga.

Durante esse duelo amical, Hipólita entrou no quarto da filha.

– A senhora – disse ela a Isabella – expressa tanta ternura por Matilda, e gentilmente demonstra tamanho interesse no que quer que afete este lar infeliz, que não me permito ter nenhum segredo com minha filha que a senhora não possa ouvir.

As princesas eram todas atenção e ansiedade.

— Saiba então, senhora — continuou Hipólita —, e você, minha amada Matilda, que, estando convencida por todos os eventos desses dois últimos dias, é de desígnio celeste que o cetro de Otranto passe das mãos de Manfredo para as do marquês Frederico. Fui talvez inspirada pelo pensamento de evitar nossa destruição total por meio da união das duas casas rivais. Com essa perspectiva, propus a Manfredo, meu senhor, que entregasse a mão de minha querida, querida filha, a Frederico, seu pai, Isabella.

— A minha mão para o senhor Frederico! — gritou Matilda. — Pelos céus! Minha querida mãe... E você mencionou isso ao meu pai?

— Sim — respondeu Hipólita. — Ele ouviu de bom grado a minha proposta e vai apresentá-la ao marquês.

— Ah! Pobre princesa! — exclamou Isabella. — O que fizeste? Que ruína tua bondade inadvertida está preparando para ti, para mim, para Matilda!

— Ruína para mim, para ti e para minha filha! — respondeu Hipólita. — O que isso pode significar?

— Ai de mim! — falou Isabella. — A pureza de seu coração a impede de enxergar a depravação dos outros. Manfredo, seu senhor, aquele homem ímpio...

— Chega — ordenou Hipólita. — Em minha presença, você não mencione, minha jovem, o nome de Manfredo com desrespeito: ele é meu senhor, meu marido e...

— Não o será por muito tempo — interrompeu Isabella —, se os propósitos dele forem executados.

— Suas palavras me intrigam — respondeu a princesa-mãe. — Seus sentimentos, Isabella, são ardentes; mas até agora eu nunca os vi levá-la à intemperança. Qual ato de Manfredo lhe autoriza a tratá-lo como um assassino?

– Virtuosa e crédula princesa! – devolveu Isabella. – Não é tua vida que está na mira dele... Mas sim a separação de ti! O divórcio!...

– Divórcio!

– Divorciar-se de minha mãe!

Hipólita e Matilda gritaram ao mesmo tempo.

– Sim – continuou Isabella. – E para completar seu crime, ele pensa em... Não consigo dizê-lo!

– O que pode superar o que já disseste? – falou Matilda.

Hipólita estava silenciosa. O pesar sufocou sua fala; e a lembrança dos últimos discursos ambíguos de Manfredo confirmou o que ouviu.

– Excelente e amada senhora! Mãe! – suplicou Isabella, lançando-se aos pés de Hipólita com um arroubo de emoção. – Confie em mim, acredite em mim, morrerei mil mortes antes de consentir em ofendê-la, antes de ceder a tão odioso... Oh!...

– Isso é demais! – lamentou Hipólita. – A quantos crimes um só crime dá origem? Levante-se, querida Isabella; não duvido de sua virtude. Oh! Matilda, este golpe é pesado demais para ti! Não chores, minha criança; e nem mais um murmúrio, ordeno-te. Lembra, ele ainda é teu pai!

– Mas a senhora também é minha mãe – disse Matilda fervorosamente. – E a senhora é honrada, é inocente!... Oh! Não posso, não posso lamentar?

– Não, não pode – disse Hipólita. – Vamos, tudo ainda ficará bem. Manfredo, na agonia causada pela perda de teu irmão, não sabia o que dizia; talvez Isabella o tenha entendido mal; seu coração é bom... E, minha criança, tu não sabes de tudo! Há um destino que paira sobre nós; a mão da Providência se estende... Oh! Se eu pudesse somente salvar-te da ruína! Sim – continuou ela, em um tom mais firme –, talvez o meu sacrifício possa salvar a todos; vou oferecer-me a esse divórcio... não importa o que aconteça comigo. Vou retirar-me no mosteiro vizinho, e dedicarei o restante da minha vida a preces e lágrimas por minha filha e... pelo príncipe!

– És boa demais para este mundo – falou Isabella –, tanto quanto Manfredo é execrável; mas não pensa, senhora, que tua fraqueza determinará meu comportamento. Juro, que me ouçam todos os anjos...

– Para, eu te suplico – exclamou Hipólita. – Lembra-te de que tu não dependes de ti mesma; tu tens um pai.

– Meu pai é caridoso demais, nobre demais – interrompeu Isabella – para ordenar um ato ímpio. Mas, se o fizer; poderia um pai condescender com um feito amaldiçoado? Fui entregue ao filho; posso casar-me com o pai? Não, senhora, não; nenhuma força me arrastaria para o odiável leito de Manfredo. Eu o abomino, eu o detesto: leis divinas e humanas proíbem-no... E minha amiga, minha querida Matilda! Seria eu capaz de ferir sua terna alma ao ofender sua adorada mãe? Minha própria mãe... Nunca conheci outra...

– Oh! Ela é mãe de nós duas! – exclamou Matilda. – Poderemos, Isabella, poderemos um dia amá-la em excesso?

– Minhas adoradas crianças – disse a comovida Hipólita –, seu afeto me subjuga, mas não devo ceder a ele. Não cabe a nós escolher por nós mesmas: o Céu, nossos pais e nossos maridos devem decidir por nós. Tenham paciência até ouvirem o que Manfredo e Frederico determinaram. Se o marquês aceitar a mão de Matilda, sei que ela vai obedecer prontamente. O Céu pode interceder e evitar o resto. O que significa isto, minha filha? – disse ela ao ver Matilda cair aos seus pés numa torrente silenciosa de lágrimas. – Mas, não; não me respondas, minha filha: não devo ouvir uma palavra sequer contra a vontade de teu pai.

– Oh! Não duvide de minha obediência, minha terrível obediência a ele e a você! – afirmou Matilda. – Mas poderei eu, oh, mais respeitável entre as mulheres, poderei eu experimentar toda esta ternura, este mundo de bondade, e esconder um pensamento da melhor entre as mães?

– O que vais proferir? – perguntou Isabella, tremendo. – Recomponha-se, Matilda.

– Não, Isabella – respondeu a princesa –, eu não mereceria esta incomparável mãe se os mais recônditos recessos de minha alma abrigassem um pensamento sem a permissão dela... Não, eu a ofendi. Permiti que uma paixão entrasse em meu coração sem o seu consentimento... Mas aqui a exponho; aqui, confesso ao Céu e a ela...

– Minha filha! Minha filha – interrompeu Hipólita –, que palavras são essas? Quais novas calamidades o destino nos reserva? Tu, uma paixão? Tu, nesta hora de destruição...

– Oh! Veja toda a minha culpa! – disse Matilda. – Eu me abominarei se causar alguma dor à minha mãe. Ela é a coisa mais amada que tenho na terra... Oh! Não vou nunca, nunca mais vê-lo de novo!

– Isabella – disse Hipólita –, tu conheces este infeliz segredo, seja qual for. Fala!

– O quê! – exclamou Matilda. – Terei contrariado o amor de minha mãe a tal ponto que ela não me permitirá ao menos revelar minha culpa? Oh! Pobre, pobre Matilda!

– És muito cruel – disse Isabella a Hipólita. – Serás capaz de testemunhar esta angústia de uma mente virtuosa e não se compadecer dela?

– Não me compadecer de minha filha! – lamentou Hipólita enquanto envolvia Matilda com os braços. – Oh! Eu sei que ela é boa, ela é toda virtuosa, toda terna e zelosa. Eu te perdoo, minha excelente, minha única esperança!

As princesas, então, revelaram a Hipólita a inclinação de ambas por Teodoro, e a intenção de Isabella de renunciar a ele em nome de Matilda. Hipólita repreendeu-lhes a imprudência e expôs a improbabilidade de que qualquer um dos pais consentisse em ceder sua herdeira a um homem tão pobre, ainda que de berço nobre. Deu-lhe algum conforto a descoberta de que suas paixões eram muito recentes e de que Teodoro tivera poucos motivos para suspeitar delas. Ela ordenou rigorosamente que evitassem qualquer correspondência com ele. Isso, Matilda prometeu com fervor; mas Isabella, afirmando a si mesma que seu único objetivo era promover a união dele com a amiga, não se decidiu a evitá-lo, e nada respondeu.

– Vou até o convento – disse Hipólita – ordenar que novas missas sejam rezadas para nos livrarmos dessas calamidades.

– Oh! Minha mãe – disse Matilda –, você pretende nos deixar! Você pretende refugiar-se no hábito e dar a meu pai uma oportunidade para que ele persiga sua intenção fatal. Ai! De joelhos, suplico-lhe que não faça isso; você me deixará como vítima de Frederico? Eu a seguirei até o convento.

– Acalma-te, minha filha – respondeu Hipólita. – Retornarei em um instante. Jamais te abandonarei, a menos que seja esta a vontade de Deus, e em teu benefício.

— Não me enganes — falou Matilda. — Não vou me casar com Frederico até que tu ordenes. Ai! O que será de mim?

— Por que ages assim? — falou Hipólita. — Eu te prometi retornar...

— Ah, minha mãe! — devolveu Matilda. — Fica e salva-me de mim mesma. Um aceno teu pode mais do que toda a severidade de meu pai. Eu dei meu coração, e só tu podes me fazer recuperá-lo.

— Já chega — disse Hipólita. — Tu não deves recair, Matilda.

— Posso desistir de Teodoro — respondeu a filha —, mas devo mesmo casar-me com outro? Deixe-me acompanhar-te ao convento e lá me encerrar do mundo para sempre.

— Teu destino depende do teu pai — falou Hipólita. — Empreguei mal a minha afeição se esta te ensinou a reverenciar alguém além dele. Adeus, minha filha! Vou-me para orar por ti.

O verdadeiro objetivo de Hipólita era perguntar a Jerônimo se ela poderia não consentir com o divórcio. Ela frequentemente pedira que Manfredo renunciasse ao principado, que a delicadeza de sua consciência transformava num fardo constante para ela. Esses escrúpulos contribuíram para que a separação do marido lhe parecesse menos aterradora do que seria em qualquer outra situação.

Jerônimo, ao deixar o castelo durante a noite, questionou severamente Teodoro sobre este tê-lo acusado, para Manfredo, como cúmplice de sua fuga. Teodoro admitiu que pretendera evitar que a suspeita de Manfredo recaísse sobre Matilda e acrescentou que a santidade da vida e do caráter de Jerônimo o protegiam contra a fúria do tirano. Jerônimo sentiu profundo pesar ao descobrir a inclinação do filho por aquela princesa; e, deixando-o para que descansasse, prometeu que pela manhã lhe comunicaria importantes razões para superar essa paixão.

Assim como acontecera com Isabella, a familiaridade de Teodoro com a autoridade paterna era recente demais para que ele abrisse mão dos impulsos do coração para se submeter a tais ordens. Ele tinha pouco interesse em conhecer as razões do padre, e ainda menos disposição para obedecê-las. A adorável Matilda causara, nele, impressões mais fortes do que a afeição filial. Durante toda a noite, Teodoro deleitou-se com visões de amor; e não foi senão após o ofício religioso da manhã que ele se lembrou da ordem do pai para encontrá-lo diante do túmulo de Alfonso.

– Jovem – começou Jerônimo assim que o viu –, este atraso não me agrada. Terá já a ordem de um pai tão pouca importância?

Teodoro desculpou-se com constrangimento e atribuiu a demora a ter dormido demais.

– E a quem se empregaram teus sonhos? – disse o padre severamente. Seu filho corou. – Vamos, vamos – retomou Jerônimo –, jovem inconsequente, isso não pode acontecer; erradique de teu peito essa paixão culpada...

– Paixão culpada! – exclamou Teodoro. – Pode a culpa residir com a inocente beleza e a virtuosa modéstia?

– É pecaminoso – respondeu o frade – nutrir afeto por aqueles que o Céu condenou à destruição. A raça de um tirano deve ser varrida da terra até a terceira e a quarta gerações.

– Então o Céu castiga o inocente pelos crimes do culpado? – perguntou Teodoro. – A nobre Matilda tem virtudes o bastante...

– Para destruir-te – interrompeu Jerônimo. – Terás tu já te esquecido de que o selvagem Manfredo pronunciou por duas vezes a tua sentença?

— Também não me esqueci, senhor — falou Manfredo — de que a caridade da filha dele livrou-me de seu poder. Posso me esquecer das injúrias, mas jamais dos bons atos.

— As injúrias que tu recebeste da raça de Manfredo — falou o padre — estão além do que tu podes conceber. Não responde, mas contempla esta santa imagem! Embaixo deste monumento de mármore repousam as cinzas do bom Alfonso; um príncipe adornado com todas as virtudes: o pai de seu povo! O deleite da humanidade! Ajoelha-te, jovem teimoso, e ouve, enquanto seu pai te revela um conto de horror que vai extrair todos os sentimentos de tua alma, exceto o desejo de sagrada vingança... Alfonso! Príncipe muito ofendido! Deixa que o teu espectro insatisfeito paire nos ares perturbados, enquanto estes lábios trêmulos... Ah! Quem vem lá?

— A mais infeliz das mulheres! — respondeu Hipólita, entrando no coro. — Bom padre, estás com tempo?... Mas por que este jovem ajoelhado? O que significa o horror em seus semblantes? Por que, nesta tumba venerável... Ai! Tu vistes algo?

— Estávamos dirigindo nossas orações para o Céu — respondeu o frade, um pouco confuso — para que dê um fim às desgraças desta província deplorável. Junta-te a nós, senhora! Tua alma imaculada há de obter algum perdão dos juízos que os prodígios destes últimos dias revelam estar tão claramente contra tua casa.

— Rezo ardorosamente para que o Céu os afaste — afirmou a piedosa princesa. — Tu sabes que tem sido a ocupação de toda a minha vida suplicar por bênçãos para meu senhor e minhas inocentes crianças... Uma (ai) foi levada de mim! Que o Céu ao menos me ouça pela minha pobre Matilda! Padre! Interceda por ela!

— Todo coração vai abençoá-la — gritou Teodoro, arrebatado.

— Jovem imprudente e insensato! – falou Jerônimo. – E tu, amorosa princesa, não lutes contra os poderes do Céu! O Senhor dá, o Senhor tira: abençoa o Seu santo nome e submete-te aos Seus desígnios.

— Sim, é o que faço com toda devoção – respondeu Hipólita –, mas não poupará Ele o meu único conforto? Deve Matilda perecer também?... Ah! Padre, vim... Mas dispensa teu filho. Nenhum ouvido além do teu deve ouvir o que tenho para dizer.

— Que o Céu conceda todos os teus desejos, oh, mais excelente princesa! – disse Teodoro ao retirar-se. Jerônimo franziu a testa.

Hipólita, então, contou ao frade sobre a proposta que havia sugerido a Manfredo, de ceder a mão de Matilda a Frederico, e sobre a aprovação do príncipe. Jerônimo não pôde esconder seu desgosto diante dessa perspectiva, o que ele atribuiu à improbabilidade de que Frederico, o mais próximo em sangue de Alfonso e que viera para reivindicar sua sucessão, aceitasse uma aliança com o usurpador de seu direito. Mas nada se igualou à perplexidade do frade quando Hipólita confessou estar disposta a não se opor à separação, perguntando-lhe sua opinião sobre a legalidade dessa anuência. Jerônimo valeu-se avidamente do pedido dela por seu conselho e, sem explicar sua aversão à proposta de um casamento entre Manfredo e Isabella, ele pintou para Hipólita, com as cores mais alarmantes, o aspecto pecaminoso desse consentimento, e revelou castigos contra ela caso assim procedesse, ordenando-lhe, com os mais severos termos, a tratar uma tal proposição com indignação e recusa.

Enquanto isso, Manfredo havia levado a Frederico a proposta do casamento duplo. O fraco príncipe, que fora tocado pelos encantos de Matilda, ouviu ansiosamente a oferta. Ele se esqueceu de sua inimizade com Manfredo, a quem não tinha muita esperança de destituir pela força; e, dizendo a si próprio que nenhum problema poderia surgir da união entre sua filha e o tirano, considerou que sua própria sucessão ao principado seria facilitada ao casar-se com Matilda. Frederico fez vaga oposição à proposta, afirmando, apenas para constar, que não aceitaria até que Hipólita consentisse com o divórcio. Manfredo disse que cuidaria disso.

Arrebatado por seu sucesso, e impaciente para ver-se em uma situação em que pudesse esperar por filhos, ele apressou-se para o apartamento de sua esposa, determinado a extrair-lhe o consentimento. Descobriu, indignado, que ela havia ido ao convento. Sua culpa sugeriu-lhe que Hipólita provavelmente fora informada por Isabella de seus propósitos. Manfredo suspeitava que, ao retirar-se para o convento, ela tivesse intenção de permanecer lá até que pudesse criar obstáculos para o divórcio; e a desconfiança que ele já cultivava em relação a Jerônimo levou-o a crer que o frade não só iria interferir em seus objetivos, mas que também teria convencido a princesa a refugiar-se ali. Impaciente para desvendar essa trama e impedir seu sucesso, Manfredo correu para o convento e chegou lá no momento em que o padre exortava a princesa a jamais aceitar o divórcio.

— Senhora — começou Manfredo —, o que a trouxe até aqui? Por que não me esperou voltar do encontro com o marquês?

— Vim com o objetivo de implorar uma bênção para as suas resoluções — respondeu Hipólita.

— Minhas resoluções não precisam da intervenção de um frade — falou Manfredo. — E, de todos os homens na terra, será este velho traidor o único com quem você se apraz em conversar?

— Príncipe profano! — interveio Jerônimo. — É na igreja que escolheste ofender os servos de Deus? Mas, Manfredo, teus ímpios estratagemas já são conhecidos. O Céu e esta virtuosa senhora os conhecem... Não, não franza o cenho, príncipe. A Igreja despreza tuas ameaças. Os trovões divinos hão de se sobrepor à tua fúria. Ousa prosseguir com teu intento amaldiçoado de um divórcio até que a sentença da Igreja seja conhecida, e aqui lanço o anátema sobre a tua cabeça.

— Rebelde audacioso! — vociferou Manfredo, tentando esconder o temor causado pelas palavras do padre. — Tu pretendes ameaçar teu legítimo príncipe?

— Tu não és nenhum príncipe legítimo — respondeu Jerônimo. — Tu não és príncipe... Vai, discute tua reivindicação com Frederico, e quando isso for feito...

— Já está feito — respondeu Manfredo. — Frederico aceita a mão de Matilda e concorda em abrir mão do trono, a menos que eu não tenha nenhum filho varão...

Enquanto ele falava, três gotas de sangue pingaram do nariz da estátua de Alfonso. Manfredo empalideceu e a princesa se pôs de joelhos.

— Vejam! — falou Jerônimo. — Olhem este miraculoso indício de que o sangue de Alfonso jamais vai se misturar com o de Manfredo!

— Meu senhor gracioso — falou Hipólita —, vamos nos submeter ao Céu. Não penses que tua sempre obediente esposa se rebela contra tua autoridade. Não tenho vontade além da de meu marido e da Igreja. Apelemos a este venerado tribunal. Não depende de nós destruir os laços que nos unem. Se a Igreja aprovar a dissolução de nosso casamento, que seja... Tenho apenas poucos anos para viver, e esses serão de tristeza. Onde poderiam ser mais bem empregados do que aos pés deste altar, em oração pela tua segurança e a de Matilda?

— Mas tu não vais permanecer aqui até então — disse Manfredo. — Volte comigo ao castelo, onde tomarei as medidas apropriadas para um divórcio... Mas este padre intrometido não irá conosco; meu teto hospitaleiro nunca mais abrigará um traidor... E, quanto ao filho de Vossa Reverência – continuou ele –, eu o expulso de meus domínios. O rapaz, suponho, não é santo, nem está sob proteção da Igreja. Quem quer que se case com Isabella, não será o filho oportunista do padre Falconara.

– Oportunistas – respondeu o frade – são aqueles que subitamente encontram-se no trono de príncipes legítimos; mas eles murcham como a grama, e em seu lugar ninguém mais os conhece.

Manfredo, lançando um olhar de desprezo ao padre, conduziu Hipólita adiante; mas, na porta da igreja, sussurrou a um de seus guardas para que permanecesse escondido no convento, e para que o avisasse imediatamente caso alguém do castelo passasse por lá.

CAPÍTULO V

Cada pensamento de Manfredo a respeito do comportamento do padre conspirou para persuadir o príncipe de que Jerônimo era confidente de um amor entre Isabella e Teodoro. Mas a mais recente presunção do frade, tão dissonante de sua submissão anterior, sugeriu apreensões ainda mais profundas. O príncipe chegou a suspeitar de que Jerônimo recebia algum apoio secreto de Frederico, cuja chegada, coincidindo com o novo surgimento de Teodoro, parecia sugerir tal correspondência. Mais perturbado ainda ele se sentia com a semelhança entre Teodoro e o retrato de Alfonso. Este, Manfredo sabia, morrera sem deixar filhos. Frederico consentira em entregar Isabella a ele. Essas contradições agitavam-lhe a mente com inúmeros tormentos.

Ele só via duas formas para desembaraçar-se dessas dificuldades. A primeira era renunciar a seus domínios em nome do marquês – orgulho, ambição e sua confiança em antigas profecias, que revelaram uma possibilidade de ele preservar o principado para a posteridade, combatiam esse pensamento. A outra forma era forçar seu casamento com Isabella.

Depois de ruminar por longo tempo esses pensamentos ansiosos enquanto marchava silenciosamente com Hipólita para o castelo, Manfredo enfim falou à princesa sobre o que o inquietava, e utilizou cada argumento insinuante e plausível para obter-lhe o consentimento, e mesmo a promessa, de divórcio. Hipólita não precisava de muito estímulo para dobrar-se à vontade do marido. Ela tentou persuadi-lo a renunciar ao principado; mas, ao perceber que suas exortações eram em vão, garantiu a Manfredo que, até onde sua consciência permitisse, ela não se oporia à separação, ainda que, sem escrúpulos mais bem fundamentados do que aqueles que ele agora apresentava, ela não se comprometeria a pedi-la.

Este acordo, ainda que inadequado, foi suficiente para reanimar as esperanças de Manfredo. Ele confiava que seu poder e sua riqueza fariam com que o caso avançasse rapidamente na corte de Roma, de modo que decidiu obter o compromisso de Frederico para viajar com este propósito. Aquele príncipe se viu de tal forma apaixonado por Matilda que Manfredo esperava obter tudo o que quisesse ao reter ou entregar os encantos de sua filha, de acordo com a disposição do marquês de colaborar ou não. Mesmo a ausência de Frederico resultaria em um ganho material, até que ele pudesse tomar outras medidas para sua segurança.

Dispensando Hipólita para seu apartamento, Manfredo dirigiu-se ao aposento do marquês; mas, ao atravessar o grande salão, encontrou

Bianca. Ele sabia que a donzela era confidente das duas senhoras, e imediatamente ocorreu-lhe sondá-la sobre Isabella e Teodoro. Chamando-a de lado junto aos recônditos de uma das janelas, e tranquilizando-a com belas palavras e promessas, ele perguntou à criada se ela sabia algo a respeito dos afetos de Isabella.

– Eu! Meu senhor! Não, meu senhor... Sim, meu senhor... Pobre senhora! Ela está profundamente preocupada com os ferimentos de seu pai; mas eu lhe disse que ele ficará bem. Sua alteza não acha?

– Não perguntei – respondeu Manfredo – o que ela pensa do pai; mas se você está a par de seus segredos. Vamos, seja uma boa menina e me diga; há algum jovem... Ah! Você me entende.

– Deus me abençoe! Entender sua alteza? Não, eu não. Eu disse a ela que algumas ervas vulnerárias e repouso...

– Não estou falando – interrompeu o príncipe com impaciência – sobre o pai dela; eu sei que ele ficará bem.

– Graças a Deus, fico feliz por ouvir sua alteza dizê-lo; afinal, embora não fosse certo afligir minha senhora, achei que seu nobre pai estava com um ar abatido, e algo... Lembro-me de quando o jovem Ferdinando foi ferido pelo veneziano...

– Tu foges do assunto – interveio Manfredo. – Mas toma aqui esta joia, talvez ela detenha tua atenção... Não, nada de reverências; meus presentes não vão parar por aqui... Vamos, diz-me a verdade: como está o coração de Isabella?

– Bem! Sua alteza tem uma tal maneira! – disse Bianca. – Na verdade... Será que sua alteza poderia manter um segredo? Se isso algum dia sair de seus lábios...

– Não sairá, não sairá – exclamou Manfredo.

– Não, mas jure, sua alteza.

– Por tudo o que é sagrado, se algum dia for sabido que eu o disse.

– Ora, a verdade é a verdade, e não acho que minha senhora Isabella nutria muito afeto pelo meu senhor, seu filho, ainda que ele fosse um rapaz meigo, como qualquer um podia ver; tenho certeza de que, se eu fosse princesa... Mas Deus meu! Preciso juntar-me à minha senhora Matilda; ela deve estar se perguntando sobre o que aconteceu comigo.

– Fica – gritou Manfredo. – Tu não respondeste minha pergunta. Tu já levaste algum bilhete, alguma carta?

– Eu! Por Deus! – exclamou Bianca. – Eu, levar uma carta? Nunca, nem que fosse para virar rainha. Espero que sua alteza saiba que, apesar de pobre, sou honesta. Sua alteza nunca ouviu falar do que o conde Marsigli me ofereceu, quando veio cortejar minha senhora Matilda?

– Não tenho tempo – devolveu Manfredo – para ouvir tuas histórias. Não questiono tua honestidade. Mas é teu dever não esconder nada de mim. Há quanto tempo Isabella conhece Teodoro?

– Não, não há nada que escape de sua alteza! – disse Bianca. – Não que eu saiba qualquer coisa sobre o assunto. Teodoro, com certeza, é um rapaz decente e, como diz minha senhora Matilda, é a cara do bom Alfonso. Sua alteza não reparou?

– Sim, sim... Não, tu me torturas – respondeu Manfredo. – Onde eles se encontraram? Quando?

– Quem? A minha senhora Matilda? – falou Bianca.

– Não, não, não Matilda; Isabella. Quando Isabella encontrou esse Teodoro pela primeira vez?

– Mãe de Deus! – disse a moça. – Como eu poderia saber?

– Tu sabes – ameaçou Manfredo –, e eu preciso saber. Vou...

– Senhor! Sua alteza está com ciúme do jovem Teodoro? – indagou Bianca.

— Ciúme? Não, não. Por que deveria eu sentir ciúme? Eu talvez pretenda uni-los... Se tivesse certeza de que Isabella não o rejeita.

— Rejeitá-lo! Não, eu lhe garanto – disse Bianca. – Ele é um dos mais graciosos jovens que já caminharam em solo cristão. Estamos todos encantados com ele; não há uma alma no castelo que não se alegraria por tê-lo como príncipe... Digo, quando chegar a hora de o céu chamar sua alteza para lá.

— De fato – disse Manfredo –, as coisas chegaram a este ponto! Oh! Este padre maldito!... Mas não posso perder tempo... Vai, Bianca, servir Isabella; mas eu te ordeno, nenhuma palavra sobre o que se passou aqui. Descobre como ela se sente em relação a Teodoro; traz boas novas, e aquele anel terá companhia. Espera aos pés da escada em espiral: vou visitar o marquês e falarei novamente contigo quando retornar.

Manfredo, depois de proferir algumas frases genéricas, pediu que Frederico dispensasse os dois cavaleiros que o acompanhavam por ter assuntos urgentes para tratar.

Assim que se viram sozinhos, ele começou a sondar astutamente o marquês a respeito de Matilda; e, percebendo que ele estava disposto a aceitar seu desejo, começou a dar indícios sobre as dificuldades que cercariam a celebração daquele casamento, a não ser que... Neste instante, Bianca irrompeu no aposento; seu olhar era selvagem e seus gestos revelavam o mais extremo horror.

— Oh! Meu senhor, meu senhor! – exclamou ela. – Estamos todos acabados! Aquilo voltou de novo! Voltou de novo!

— O que voltou de novo? – gritou Manfredo, espantado.

— Oh! A mão! O gigante! A mão!... Ajude-me! Estou absolutamente apavorada – lamentou Bianca. – Não dormirei no castelo nesta noite. Para onde irei? Minhas coisas poderão ir amanhã... Devia ter me casado com Francesco! Isto é culpa da ambição!

— O que te aterrorizou assim, moça? — perguntou o marquês. — Tu estás segura aqui; não te alarmes.

— Oh! Sua majestade é maravilhosamente boa — continuou Bianca —, mas não ouso... Não, por favor, deixe-me ir... Prefiro deixar tudo para trás a ficar uma hora a mais sob este teto.

— Vá, então, tu perdeste tua razão — afirmou Manfredo. — Não nos interrompa; estávamos tratando de assuntos importantes. Meu senhor, esta criada costuma perturbar-se... Vem comigo, Bianca.

— Oh, pelos santos! Não! — respondeu ela. — Porque certamente aquilo veio para avisar sua alteza; por qual outra razão teria aparecido para mim? Faço minhas orações de manhã e de noite... Oh! Se sua alteza tivesse acreditado em Diego! É a mesma mão da qual ele viu o pé na câmara da galeria... Padre Jerônimo sempre nos alertou que a profecia se cumpriria um dia desses... "Bianca", disse ele, "ouça bem minhas palavras..."

— Tu deliras — vociferou Manfredo. — Vai embora, e usa essas tolices para assustar teus companheiros.

— O quê! Meu senhor — suplicou Bianca —, acha que não vi nada? Vá até a grande escada o senhor mesmo... Assim como estou viva, eu vi.

— Vistes o quê? Diga, minha boa jovem, o que tu viste? — perguntou Frederico.

— Pode sua alteza ouvir — interrompeu Manfredo — o delírio de uma criada tola, que ouviu histórias de fantasmas até acreditar nelas?

— Isto é mais do que fantasia — respondeu o marquês. — Seu terror é natural demais, e muito fortemente marcado, para ser fruto de imaginação. Diz, boa donzela, o que te perturbou assim?

— Sim, meu senhor, agradeço à sua majestade – disse Bianca. – Acredito que eu esteja muito pálida; estarei melhor quando me recuperar... Eu estava a caminho do quarto da senhora Isabella, de acordo com a ordem de sua alteza...

— Não nos importam as circunstâncias – interrompeu o príncipe. – E já que sua alteza assim deseja, prossiga; mas seja breve.

— Senhor! Sua alteza interrompe tanto! – respondeu Bianca. – Temo que meu cabelo... Estou certa de que nunca, na minha vida... Bem! Como dizia à sua majestade, por ordem de sua alteza, eu estava a caminho do aposento de minha senhora Isabella; ela fica no quarto azul-claro, na ala direita, a um lance de escadas. Então, quando cheguei à grande escadaria... Eu olhava para este presente que sua alteza...

— Dai-me paciência! – falou Manfredo. – Será que esta criada jamais chegará ao ponto? O que importa para o marquês que eu tenha te dado uma bugiganga por teus leais serviços prestados à minha filha? Queremos saber o que viste!

— Vou contar – afirmou Bianca –, se o senhor me permitir. Então, enquanto eu esfregava o anel... Não sei se tinha galgado três degraus, mas ouvi o chocalhar de uma armadura; juro, um ruído como o que Diego afirmou ter ouvido quando o gigante voltou-se para ele na galeria.

— Que gigante é esse, meu senhor? – perguntou o marquês. – Seu castelo é assombrado por gigantes e trasgos?

— Senhor! O quê? Sua majestade não ouviu a história do gigante da galeria? – exclamou Bianca. – Espanta-me que sua alteza não tenha contado; talvez o senhor não saiba que há uma profecia...

— Esta asneira é intolerável! – interrompeu Manfredo. – Dispensemos essa pobre criada, meu senhor! Temos assuntos mais importantes para debater!

— Permita-me — respondeu Frederico. — Isto não é asneira. A enorme espada para a qual fui dirigido no bosque, o elmo no pátio, que lhe faz companhia... Serão apenas visões da mente desta pobre donzela?

— É o que pensa Jaquez, se agradar à sua majestade — falou Bianca. — Ele diz que esta lua não passará sem que testemunhemos uma estranha revolução. De minha parte, não ficaria surpresa se isso acontecesse amanhã; pois, como estava dizendo, quando ouvi o entrechoque de uma armadura, comecei a suar frio. Olhei para cima e, se sua majestade acreditar em mim, vi, sobre o balaústre mais alto da grande escadaria, uma enorme mão de armadura. Achei que fosse desmaiar... não parei de correr até chegar aqui... e estaria bem longe deste castelo, se pudesse. Minha senhora Matilda disse-me ainda ontem pela manhã que sua alteza Hipólita sabe de algo.

— És uma insolente! — vociferou Manfredo. — Senhor marquês, tenho receios que essa cena foi arranjada para me afrontar. Terão sido meus próprios criados subornados para espalhar relatos injuriosos à minha honra? Busque seus direitos por meios viris; ou enterremos as nossas desavenças, como foi proposto, com o casamento de nossas filhas. Mas, acredite em mim, não cai bem para um príncipe de sua linhagem ceder à influência de criadas mercenárias.

— Desprezo a sua acusação — respondeu Frederico. — Até este momento, nunca tinha visto essa jovem; não dei a ela nenhuma joia. Meu senhor, meu senhor, sua consciência, sua culpa o acusa, e lançaria a suspeita sobre mim; mas fique com a sua filha, e não pense mais em Isabella. O castigo que já se abate contra sua casa me proíbe de tomar parte nisso.

Alarmado com o tom resoluto com que Frederico disse essas palavras, Manfredo tentou pacificá-lo. Dispensando Bianca, ele se submeteu de tal forma ao marquês, e elogiou Matilda com tamanha astúcia, que Frederico, mais uma vez, vacilou. No entanto, como sua paixão era ainda tão recente, não poderia superar, de uma só vez, os escrúpulos que ele havia concebido. Ele recolhera do discurso de Bianca indícios suficientes para convencer-se de que o Céu havia se declarado contra Manfredo. Os casamentos propostos também adiavam por muito tempo a sua reivindicação ao trono; e o principado de Otranto constituía uma tentação mais forte do que ter que dividi-lo com Matilda. Ainda assim, ele não recuaria totalmente de seus compromissos; mas, pretendendo ganhar tempo, perguntou a Manfredo se de fato era verdade que Hipólita consentira com o divórcio. O príncipe, animado por não encontrar outro obstáculo e por depender de sua influência sobre a esposa, garantiu ao marquês que assim era, e que ele poderia ouvi-lo da boca da própria princesa.

Enquanto eles assim confabulavam, chegou o aviso de que o banquete estava servido. Manfredo conduziu Frederico até o grande salão, onde foram recebidos por Hipólita e pelas jovens princesas. O príncipe acomodou o marquês próximo a Matilda e sentou-se entre sua esposa e Isabella. Hipólita comportou-se com tranquila gravidade; mas as jovens senhoras estavam silenciosas e melancólicas. Manfredo, determinado a convencer o marquês até o final daquela noite, animou o festim, que se estendeu até tarde, afetando alegria irrestrita e exortando Frederico a brindar com seu cálice de vinho. Este, mais vigilante do que Manfredo gostaria, recusou os convites sob o pretexto de sua recente perda de sangue; o príncipe, no entanto, para reerguer seu próprio espírito desordenado e aparentar despreocupação, entregou-se a abundantes goles, mas não a ponto de intoxicar os sentidos.

Tendo a noite avançado, o banquete terminou. Manfredo teria se retirado com Frederico; mas este, alegando fraqueza e necessidade de repouso, foi para seu quarto, afirmando galantemente ao príncipe que sua filha o entreteria até que ele próprio pudesse fazê-lo. Manfredo acolheu a ideia e, para o grande pesar de Isabella, acompanhou-a até seus aposentos. Matilda esperou por sua mãe, para com ela fruir do frescor noturno nas muralhas do castelo.

Assim que os presentes se dispersaram, Frederico, deixando seu aposento, perguntou se Hipólita estava sozinha. Um dos criados da princesa, que não a havia visto se retirando, afirmou que àquela hora ela geralmente ia para seu oratório, onde ele provavelmente a encontraria. O marquês, durante o banquete, contemplara Matilda com paixão crescente. Ele agora queria encontrar Hipólita na disposição que seu marido havia prometido. Os portentos que o alarmaram foram esquecidos em meio a seus desejos. Avançando suavemente, e sem que ninguém o visse, para o quarto da princesa, ele lá entrou decidido a encorajá-la a aceitar o divórcio, tendo percebido que Manfredo estava resolvido a fazer da posse de Isabella uma condição inalterável para garantir o casamento dele com Matilda.

O marquês não se surpreendeu com o silêncio que reinava no aposento de Hipólita. Concluindo que ela, como haviam dito, estava no oratório, ele seguiu adiante. A porta estava aberta; a noite, sombria e nublada. Empurrando gentilmente a porta, ele viu uma pessoa ajoelhando-se diante do altar. À medida que se aproximou, Frederico percebeu que não parecia ser uma mulher, mas alguém vestindo um longo manto de lã, cujas costas estavam viradas para ele. A pessoa parecia absorta em suas preces. O marquês estava para se retirar quando a figura, erguendo-se, permaneceu fixa em meditações por alguns momentos, sem prestar atenção nele. Esperando que ela avançasse, e tentando desculpar-se pela indelicada interrupção, Frederico disse:

— Padre, procuro pela senhora Hipólita.

— Hipólita! – respondeu uma voz oca. – Tu vieste a este castelo para procurar por Hipólita? – Então a figura, virando-se lentamente, revelou para Frederico as mandíbulas descarnadas e as órbitas vazias de um esqueleto envolvido no manto de um ermitão.

— Anjos divinos, protejam-me! – gritou Frederico, recuando.

— Faça por merecer essa proteção! – respondeu o espectro.

Frederico, tombando de joelhos, suplicou à aparição para que tivesse piedade dele.

— Não te lembras de mim? – perguntou o fantasma. – Recorda-te do bosque de Joppa!

— És tu aquele santo ermitão? – gritou Frederico, estremecendo. – Posso fazer algo por tua paz eterna?

— Fostes tu libertado de teu cativeiro – respondeu o espectro – para perseguir deleites carnais? Terás te esquecido da espada enterrada e da profecia divina nela gravada?

— Não me esqueci, não me esqueci – falou Frederico. – Mas diga, espírito abençoado, qual é tua incumbência para mim? O que resta para ser feito?

— Esqueça Matilda! – disse a aparição; e desapareceu.

O sangue de Frederico congelou em suas veias. Por alguns minutos, ele permaneceu imóvel. Então, caindo prostrado com a face diante do altar, implorou a intercessão de todos os santos por perdão. Uma torrente de lágrimas sucedeu a esse arrebatamento, e a imagem da bela Matilda surgiu-lhe nos pensamentos, contra a sua vontade. Ele permaneceu no chão, em conflito entre a penitência e a paixão.

Antes que o marquês pudesse recuperar-se desta agonia, a princesa Hipólita entrou no oratório sozinha, com uma vela na mão. Ao ver um homem caído e imóvel no chão, ela soltou um grito por imaginar que estivesse morto. O som trouxe Frederico de volta a si mesmo. Erguendo-se subitamente, o rosto banhado de lágrimas, ele teria fugido de sua presença; mas a princesa, detendo-o, exortou-o com os termos mais queixosos a explicar a causa de sua desordem, e por qual estranho motivo ela o encontrara lá, naquela posição.

— Ah! Virtuosa princesa! — disse o marquês transpassado pela dor, e parou.

— Pelo amor de Deus, meu senhor — prosseguiu Hipólita —, revela a causa de tua comoção! O que significam esses lúgubres sons, essa alarmante exclamação em meu nome? Quais desgraças o Céu ainda reserva para a miserável Hipólita? No entanto, estás silencioso! Por todos os anjos piedosos, eu te suplico, nobre príncipe — prosseguiu ela, caindo aos pés de Frederico —, revele o propósito que está em teu coração. Vejo que sentes compaixão por mim; que sentes compaixão pelas dores agudas que me impuseste... Fala, por piedade! Será algo que envolve minha filha?

— Não posso falar — lamuriou Frederico, afastando-se dela. — Oh, Matilda!

Deixando a princesa de forma abrupta, ele correu para seu próprio apartamento. Diante da porta, foi abordado por Manfredo que, inflamado pelo vinho e pelo amor, viera procurar pelo marquês para lhe propor passarem algumas horas da noite ouvindo música e farreando. Ofendido por um convite tão dissonante com o estado de seu espírito, empurrou-o rudemente para o lado e, entrando no quarto, bateu a porta intempestivamente contra Manfredo, trancando-a por dentro.

O orgulhoso príncipe, enfurecido com esse comportamento injustificável, retirou-se num temperamento capaz dos mais fatais excessos. Enquanto ele atravessava o pátio, foi abordado pelo serviçal que havia sido designado para espionar Jerônimo e Teodoro no convento. O homem, quase sem fôlego por ter corrido até ali, informou seu senhor que Teodoro e alguma senhora do castelo estavam, naquele instante, tendo uma conversa particular em frente à tumba de Alfonso, na igreja de São Nicolau. Ele acompanhara Teodoro até lá, mas a escuridão da noite impediu que descobrisse quem era a mulher.

Manfredo, cujo espírito já estava inflamado, e a quem Isabella afastara ao ouvir dele uma descarada declaração de paixão, não duvidava de que a inquietação expressa por ela fora causada pela impaciência para encontrar Teodoro. Provocado por essa conjectura e enfurecido com o pai da jovem, ele correu secretamente para a grande igreja. Deslizando com leveza pelas naves laterais e guiado pelo vago brilho de luar filtrado pelos vitrais, caminhou até o túmulo de Alfonso, ao qual fora atraído pelos sussurros indistintos das pessoas por quem procurava. Os primeiros sons que conseguiu ouvir foram:

— Será que, ai!, (ai!) isto depende de mim? Manfredo jamais permitirá a nossa união.

— Não, *isto* vai impedi-la! — gritou o tirano, sacando sua adaga e enfiando-a, por cima do ombro, no peito da pessoa que pronunciara essas palavras.

— Ah! Fui ferida! — exclamou Matilda, sucumbindo. — Bom Deus, receba a minha alma!

— Bárbaro! Monstro inumano, o que fizestes? — gritou Teodoro avançando para o príncipe e arrancando a adaga de suas mãos.

— Pare, pare tua mão impiedosa! — suplicou Matilda. — É meu pai!

Manfredo, como se despertasse de um transe, batia no próprio peito, agarrava seus cabelos e tentava tirar a adaga de Teodoro para dar cabo de si mesmo. O rapaz, tão perturbado quanto ele e domando a comoção de sua dor apenas para cuidar de Matilda, tinha atraído, com seus gritos, alguns monges, que vieram em seu auxílio. Enquanto alguns deles tentavam, ao lado de Teodoro, estancar o sangramento da princesa moribunda, o resto impedia que Manfredo cometesse algum mal a si mesmo.

Pacientemente resignada a seu destino, Matilda reconheceu, com olhares repletos de amor agradecido, o cuidado de Teodoro. Mesmo assim, tantas vezes quanto a fraqueza lhe permitiu, ela implorou para que os presentes consolassem seu pai. A esta altura, Jerônimo já ouvira a notícia fatal e chegara à igreja. Sua expressão parecia repreender Teodoro; mas, virando-se para Manfredo, disse:

– Agora, tirano! Veja cumprirem-se os infortúnios maquinados por tua impiedosa e devota mente! O sangue de Alfonso clamou aos Céus por vingança; e os Céus permitiram que seus altares fossem maculados pelo assassinato, para que tu pudesses derramar teu próprio sangue aos pés do sepulcro desse príncipe!

– Homem cruel! – gritou Matilda. – Agravar assim as dores de um pai; que o Céu o abençoe, e que o perdoe como eu perdoo! Meu senhor, meu gracioso senhor, tu perdoas a tua filha? Na verdade, não vim para cá para encontrar-me com Teodoro. Achei-o rezando nesta tumba, para onde minha mãe me enviou para interceder por ti, por ela... Queridíssimo pai, abençoa tua filha e diz que a perdoa.

– Perdoar-te? Um monstro assassino! – exclamou Manfredo. – Podem assassinos perdoar? Achei que tu fosses Isabella; mas o Céu dirigiu minha mão para o coração da minha filha. Oh, Matilda... Não posso dizê-lo... Podes tu perdoar a cegueira de minha fúria?

— Posso, e perdoo; e que os Céus o confirmem! — respondeu Matilda. — Mas, enquanto tenho vida para pedir... Oh! Minha mãe! O que será dela? Você vai confortá-la, meu senhor? Não vai abandoná-la? Ela o ama de verdade! Oh, vou desmaiar... Levem-me ao castelo. Poderei viver para que ela feche meus olhos?

Teodoro e os monges tentaram sinceramente convencê-la a deixar-se levar para o convento; mas a vontade de Matilda de ser carregada para o castelo era tamanha que, acomodando-a em uma liteira, conduziram-na para onde exigia. Teodoro, segurando-lhe a cabeça com o braço e debruçado sobre ela na agonia e no desespero do amor, ainda tentava inspirar-lhe com esperanças de vida. Jerônimo, do outro lado, confortava-a com discursos sobre o paraíso e, segurando diante de Matilda um crucifixo, que ela banhou com lágrimas inocentes, preparou-a para a passagem rumo à imortalidade. Manfredo, mergulhado na mais profunda angústia, seguiu o cortejo em mudo desespero.

Antes que chegassem ao castelo, Hipólita, informada sobre a terrível catástrofe, correu para encontrar a filha ferida; mas, quando viu a aflita procissão, a intensidade de sua dor privou-a dos sentidos e, com um desmaio, ela caiu por terra, inerte. Isabella e Frederico, que a ajudaram, sofriam praticamente com a mesma angústia. Somente Matilda parecia insensível à sua própria condição: todos os seus pensamentos perdiam-se em ternura pela mãe.

Ordenando que parassem a liteira, assim que Hipólita se recuperou, a princesa chamou pelo pai. Manfredo se aproximou, incapaz de falar. Matilda, tomando as mãos do pai e da mãe, encerrou-as em sua própria, e trouxe-as ao seu coração. Manfredo não pôde suportar esse ato de abnegada piedade. Ele se atirou no chão, amaldiçoando o dia em que nasceu. Isabella, temerosa de que essas demonstrações de paixão superassem o que Matilda podia suportar, tomou a iniciativa de ordenar que Manfredo fosse levado a seu aposento, enquanto determinava que Matilda fosse conduzida para o quarto mais próximo. Hipólita, apenas um pouco mais viva do que a filha, não atentava para nada além da jovem; mas, quando os ternos cuidados de Isabella indicaram que ela também seria retirada enquanto os médicos examinavam as feridas de Matilda, a princesa-mãe exclamou:

— Retirar-me! Nunca, nunca! Vivo somente por ela, e vou morrer com ela.

Matilda ergueu os olhos ao ouvir a voz da mãe, mas fechou-os novamente, sem falar nada. Sua pulsação cada vez mais fraca e a frieza úmida de sua mão logo afastaram qualquer esperança de recuperação. Teodoro seguiu os médicos até a sala ao lado, e os ouviu pronunciarem a sentença fatal com uma comoção próxima ao frenesi.

— Já que viva ela não pode ser minha — exclamou ele —, ao menos será minha na morte! Pai! Jerônimo! Vocês podem unir nossas mãos? — pediu ele ao frade que, com o marquês, havia acompanhado os médicos.

— O que significa tua imprudência? — perguntou Jerônimo. — Isto é hora para um casamento?

— Sim, é sim — gritou Teodoro. — Ai! Não haverá outra!

— Jovem, tu és muito imprudente — falou Frederico. — Tu pensas que ouviremos teus ternos arroubos a esta altura? Que pretensões tu tens para a princesa?

— Aquelas de um príncipe — respondeu Teodoro. — Do soberano de Otranto. Este reverendo homem, meu pai, informou-me de minha origem.

– Tu deliras – disse o marquês. – Não há outro príncipe de Otranto além de mim, agora que Manfredo, por este assassinato, por este sacrílego assassinato, teve confiscadas todas as suas pretensões.

– Meu senhor – disse Jerônimo, assumindo um ar de comando –, ele diz a verdade. Não era meu propósito que o segredo fosse divulgado com tanta antecedência, mas o destino urge. O que a paixão do jovem revelou no calor do momento, minha língua confirma. Saiba, príncipe, que quando Alfonso partiu para a terra santa…

– Será esta uma hora para explicações? – suplicou Teodoro. – Pai, vamos, una-me à princesa; ela há de ser minha! Em todas as outras coisas, vou obedecê-lo respeitosamente. Minha vida! Minha amada Matilda! – prosseguiu Teodoro, voltando para a câmara interior onde ela estava. – Você será minha? Abençoará seu…

Isabella acenou para que ele se calasse, apreensiva de que a princesa estivesse próxima de seu fim.

– O que, ela está morta? – exclamou Teodoro. – Será possível?

A violência de suas exclamações trouxe Matilda de volta a si mesma. Abrindo os olhos, ela procurou pela mãe.

– Vida da minha alma, estou aqui! – gritou Hipólita. – Não aches que vou te abandonar!

– Oh! Você é boa demais, – disse Matilda. – Mas não chore por mim, minha mãe! Vou para onde a dor não tem morada… Isabella, tu me amaste. Não darias o mesmo carinho que eu a esta querida, querida mulher? Sim, estou fraca!

– Oh! Minha filha! Minha filha! – lamentou Hipólita com uma torrente de lágrimas. – Não posso segurar-te por mais um momento?

– Não será possível – respondeu Matilda. – Encomende-me ao Céu… Onde está meu pai? Perdoe-o, amada mãe… Perdoe a minha morte; foi um erro. Oh! Eu tinha me esquecido… Amada mãe, jurei nunca mais ver Teodoro... Talvez tenha sido isso o que causou esta calamidade... Mas não foi intencional... Pode me perdoar?

– Oh! Não machuques mais a minha alma agonizante! – disse Hipólita. – Tu jamais poderias ofender-me... Ai! Ela desmaiou! Socorro! Socorro!

– Eu iria dizer algo mais – sussurrou Matilda, esforçando-se –, mas não conseguirei... Isabella... Teodoro... Por mim... Oh! – Ela expirou.

Isabella e suas acompanhantes tiveram que afastar Hipólita à força do corpo; mas Teodoro ameaçou destruir quem tentasse tirá-lo dali. Ele beijou várias vezes a mão fria de Matilda e proferiu todas as expressões que o amor desesperado poderia ditar.

Isabella, enquanto isto, acompanhava a angustiada Hipólita até seu apartamento; mas, no meio do pátio, elas encontraram Manfredo, que, distraído de seus próprios pensamentos, e querendo novamente ver a filha, caminhava em direção ao quarto em que Matilda estava. Como a lua estava alta, ele leu, nos tristes semblantes das duas, o evento que tanto temia.

– O quê? Ela está morta? – gritou em selvagem confusão.

Naquele instante, o estrondo de um trovão estremeceu o castelo até em suas fundações; a terra chacoalhou e o ruído de uma armadura que não podia pertencer a um mortal foi ouvido atrás. Frederico e Jerônimo acreditaram se tratar do juízo final. Este, arrastando Teodoro consigo, correu para o pátio. No momento em que o jovem apareceu, as paredes do castelo atrás de Manfredo desabaram com força tremenda, e a forma de Alfonso, dilatada a uma imensa magnitude, apareceu no centro das ruínas.

– Contemplem em Teodoro o legítimo herdeiro de Alfonso! – disse a aparição.

E, após pronunciar essas palavras, que foram acompanhadas por outro estrondo de trovão, a figura ascendeu solenemente ao Céu cujas nuvens, abrindo-se em um clarão, permitiram um vislumbre da forma de São Nicolau; e, ao receberem a sombra de Alfonso, rapidamente fecharam-se aos olhos mortais com um fulgor de glória.

As testemunhas prostraram-se, suas faces sobre o chão, reconhecendo a vontade divina. A primeira a quebrar o silêncio foi Hipólita.

– Meu senhor – disse ela para o inconsolável Manfredo –, testemunhe a vaidade da grandeza humana! Conrado se foi! Matilda morreu! Em Teodoro, temos o verdadeiro príncipe de Otranto. Por qual milagre ele o é, não sei... Mas é o suficiente para nós, nossa sentença já foi pronunciada! O que podemos fazer além de nos dedicar às poucas e deploráveis horas que nos restam a mitigar a fúria dos Céus? Os Céus nos rejeitam... para onde fugiremos, a não ser aquelas santas celas que ainda nos oferecem abrigo?

– Oh, mulher imaculada, mas infeliz! Infeliz por meus crimes! – respondeu Manfredo. – Meu coração enfim se abre aos teus devotos avisos. Oh! Poderia... Mas não pode ser... Estás perdida em meio a devaneios... Deixa-me ao menos fazer justiça a mim mesmo! Cobrir minha cabeça de vergonha é toda a satisfação que me sobra para oferecer ao Céu ofendido. Minha história atraiu esses castigos: deixa que minha confissão repare... Mas, ah! O que pode reparar a usurpação de um trono e o assassinato de uma criança? Uma criança assassinada em um lugar consagrado? Ouçam, senhores, e que este registro sangrento seja um aviso para tiranos futuros!

– Alfonso – prosseguiu ele –, como vós sabeis, morreu na Terra Santa... Vós me interromperíeis; vós diríeis que ele não morreu de forma natural... É a pura verdade... Por que motivo deve Manfredo beber deste cálice amargo até o final? Ricardo, meu avô, era ajudante de quarto de Alfonso... Eu estenderia um véu sobre os crimes de meu antepassado... Mas é em vão! Alfonso morreu envenenado. Um testamento falsificado declarou Ricardo como seu herdeiro. Os crimes de meu avô o perseguiram... Mas ele não perdeu Conrado, nem Matilda! Estou pagando a usurpação por todos! Certa vez, uma tempestade abateu-se sobre ele. Assombrado por sua culpa, ele jurou a São Nicolau fundar uma igreja e dois conventos, caso sobrevivesse para chegar até Otranto. O sacrifício foi aceito: o santo apareceu para ele em um sonho e prometeu que os descendentes de Ricardo haveriam reinar em Otranto até que o legítimo dono se tornasse grande demais para habitar o castelo, e enquanto houvesse um varão de Ricardo para governar... Ai! Ai! Nem varão, nem mulher, além de mim, sobreviveram desta raça miserável! Eu fiz... Os infortúnios destes três dias falam por si só. Como pode este jovem ser herdeiro de Alfonso, não o sei... Mas não duvido disso. Seus são estes domínios; renuncio a eles... No entanto, não sabia que Alfonso tinha um herdeiro... Não questiono a vontade do Céu... Pobreza e orações preencherão o infeliz vazio, até que Manfredo seja chamado para junto de Ricardo.

– O que resta é que eu conte a minha parte – disse Jerônimo. – Quando Alfonso partiu em navegação para a Terra Santa, uma tempestade o arrastou até a costa da Sicília. O outro navio, que transportava Ricardo e seu grupo, como meu senhor deve ter ouvido, foi separado dele.

– É a pura verdade – disse Manfredo. – E o título que você me dá é mais do que um proscrito pode reivindicar... Bem! Que assim seja... prossiga.

Jerônimo corou e continuou.

— Por três meses, o senhor Alfonso ficou preso na Sicília por causa dos ventos. Lá, ele se apaixonou por uma linda donzela chamada Vitória. Ele era pio demais para tentá-la com prazeres proibidos. Casaram-se. No entanto, considerando o amor incongruente com o sagrado juramento de armas que fizera, ele decidiu ocultar as núpcias até que retornasse das Cruzadas, quando pretendia procurá-la e reconhecê-la como legítima esposa. Ele a deixou grávida. Durante sua ausência, ela deu à luz uma menina. Mas Vitória sequer tinha acabado de sentir as dores do parto quando ouviu o rumor fatal da morte de seu marido, e a sucessão de Ricardo. O que poderia fazer uma mulher sem amigos, totalmente desamparada? Seu testemunho seria aceito?... No entanto, meu senhor, tenho um documento autêntico...

— Não é necessário — disse Manfredo. — Os horrores destes dias, a aparição que acabamos de ver, tudo corrobora com tua evidência mais do que mil pergaminhos. A morte de Matilda e a minha expulsão...

— Controle-se, meu senhor — pediu Hipólita. — Este santo homem não pretendia recordar seus pesares.

Jerônimo prosseguiu.

— Não hei de me deter no que for desnecessário. A filha que Vitória deu à luz, em sua maturidade, foi-me concedida em casamento. A mãe morreu; e o segredo permaneceu trancado em meu coração. A narrativa de Teodoro revelou o restante.

O frade se calou. Desconsolados, todos retiraram-se para a parte do castelo que não fora destruída. Na manhã seguinte, Manfredo assinou sua abdicação do principado, com a aprovação de Hipólita, e cada um deles tomou o hábito em um dos mosteiros vizinhos. Frederico ofereceu a mão de sua filha ao novo príncipe, fato para o qual contribuiu a afeição de Hipólita por Isabella. Mas o luto de Teodoro era muito recente para admitir sequer o pensamento de outro amor; e foi só depois de muitas conversas com Isabella sobre sua amada Matilda que ele se convenceu de que só seria feliz unindo-se a alguém com quem pudesse compartilhar a melancolia que se apossara de sua alma.

O castelo de Otranto
The Castle of Otranto by Horace Walpole
Londres, Paris, Nova York, Melbourne: Cassell and Company Limited, 1901

Traduzido a partir do original disponível no Project Gutenberg

Copyright © 2022 by Novo Século Editora Ltda.

Assistente: Lucas Luan Durães
tradução: Oscar Nestarez
tradução do prefácio para segunda edição: Marcia Men
preparação: Marcia Men
revisão: Lindsay Viola
capa: Rayssa Sanches
projeto gráfico: Bruna Casaroti/Jacob Paes
diagramação: Manoela Dourado

impressão: Plena Print

Texto de acordo com as normas do Novo Acordo Ortográfico da Língua Portuguesa (1990), em vigor desde 1º de janeiro de 2009.

Nenhuma parte deste livro pode ser reproduzida, por qualquer processo, sem a autorização expressa dos editores.

**Dados Internacionais de Catalogação na Publicação (CIP)
Angélica Ilacqua CRB-8/7057**

Walpole, Horace, 1717-1797.
 O castelo de Otranto / Horace Walpole : tradução de Oscar Nestarez. -- Barueri, SP : Novo Século Editora, 2022.

 Título original: The Castle of Otranto
 ISBN: 978-85-428-1140-7

 1. Ficção inglesa 2. Ficção gótica 3. Contos de terror I. Título II. Nestarez, Oscar

19-0400   CDD 823.6

Índices para catálogo sistemático:
1. Ficção inglesa 823.6

1ª edição – 2022

‹ns
uma marca do
Grupo Novo Século

GRUPO NOVO SÉCULO
Alameda Araguaia, 2190 – Bloco A – 11º andar – Conjunto 1111
CEP 06455-000 – Alphaville Industrial, Barueri – SP – Brasil
Tel.: (11) 3699-7107 | E-mail: atendimento@gruponovoseculo.com.br
www.gruponovoseculo.com.br

grupo novo século

Compartilhando propósitos e conectando pessoas
Visite nosso site e fique por dentro dos nossos lançamentos:
www.gruponovoseculo.com.br

ns

- facebook/novoseculoeditora
- @novoseculoeditora
- @NovoSeculo
- novo século editora

gruponovoseculo.com.br

Edição: 1ª
Fonte: Adobe Garamond Pro